マヤコフスキー

風　呂

小笠原豊樹　訳

土曜社

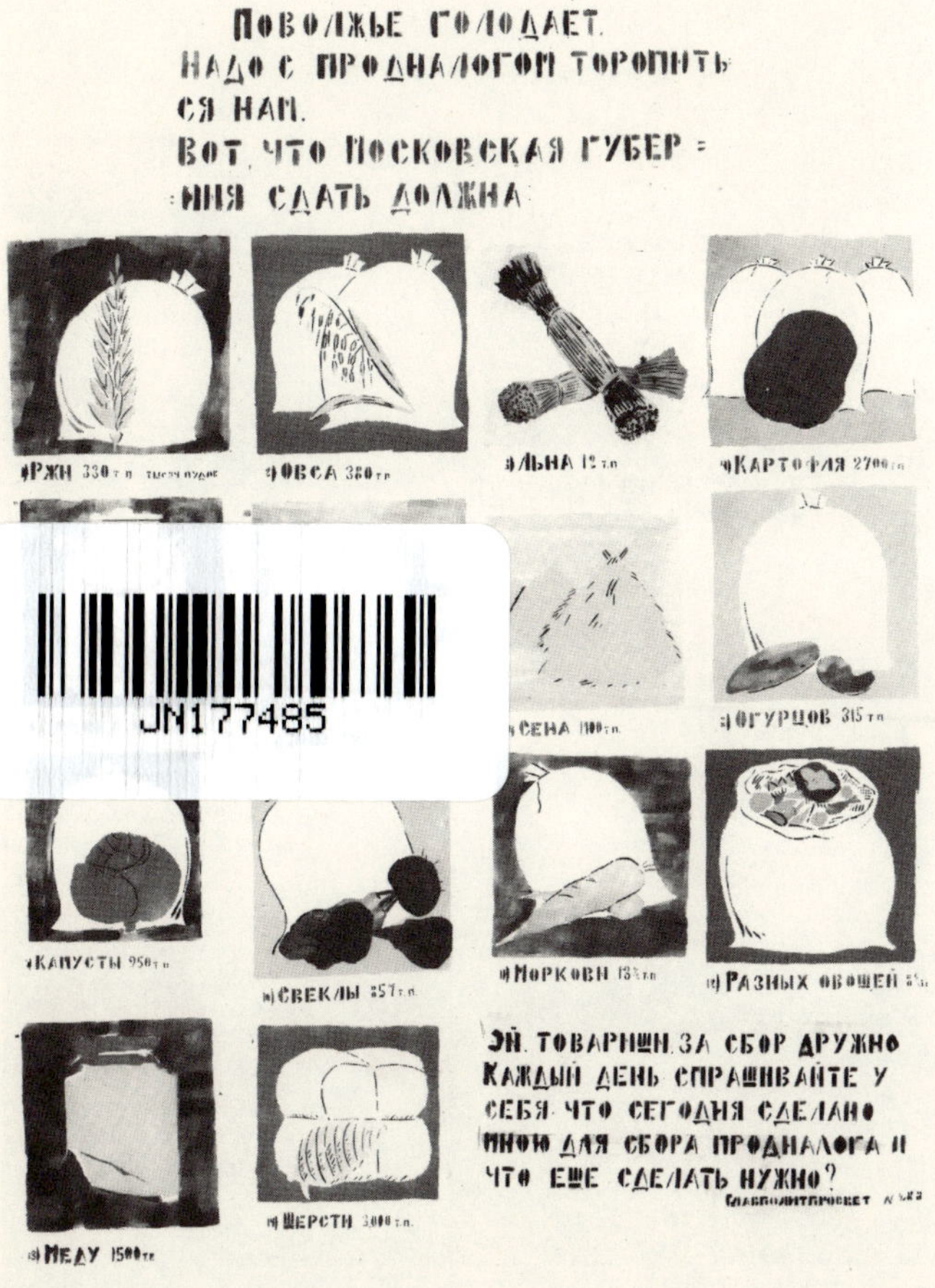

マヤコフスキー

小笠原豊樹　訳

風　呂

土曜社刊

Владимир Маяковский

Баня

Published with the support of
the Institute for Literary Translation, Russia

ИНСТИТУТ ПЕРЕВОДА

AD VERBUM

風呂

サーカスと花火のある六幕のドラマ

登場人物

同志ポベドノーシコフ――調和管理局長官、すなわち略称グラヴナチププス。

ポーリャ――その妻。

同志オプチミスチェンコ――その秘書。

イサク・ベリヴェドンスキー――肖像画家、戦争画家、風景画家。

同志モメンタリニコフ――新聞記者。

ミスター・ポント・キッチ――外国人。

同志アンダートン――タイピスト。

遣い込みをした男、ノーチキン。

同志ヴェロシペートキン――軽騎兵。

同志チュダコフ――発明家。

マダム・メザリヤンソヴァ――対外文化連絡協会（ヴォクス）の勤務員。

同志フォスキン――労働者。

同志ドヴォイキン――労働者。

同志トロイキン――労働者。

請願に来た人たち。

住宅委員会議長。

演出家。

イヴァン・イヴァノヴィチ。

役所の群衆。

民警。

劇場の桟敷係。

燐光の女。

第一幕

右手に机、左手に机。部屋中の壁や床に設計図。舞台中央で同志フォスキンが半田ランプを操っている。チュダコフが設計図と見くらべながら、ランプからランプへ歩きまわっている。

ヴェロシペートキン（駆けこんでくる）どうだい、まだカスピ海へ流れこんでいるかね、卑怯未練のヴォルガ婆《ばばあ》は？

チュダコフ（設計図を振りまわしながら）うん、しかし、もう永いことはない。時計は質屋へ入れたまえ、売っぱらったっていい。

ヴェロ おあいにくさま、まだ時計なんか買っちゃいなかった。

チュダ 買うなよ！ 絶対に買うなよ！ あんなチクタクいう愚劣きわまる物は、もうじきドニエプル発電所の松明《たいまつ》よりも滑稽になる。高速道路の牛よりも哀れな存在になるんだ。

ヴェロ じゃあ、スイスがいっぱいくわされたのか。

チュダ　そういう下らん政治的な喋り方はやめてくれたまえ！　ぼくのアイデアはもっと雄大なんだ。いいかい、時計をヴォルガに譬《たと》えよう。ぼくらがその流れのなかを、まるで川流しの材木みたいに、生まれ落ちてこの方、輾転反側しながら流れてきた、そのヴォルガは、現在以降ぼくらの思いのままになる。時間というやつは止まらせたり、走らせたりできるんだ。任意の方向へ、任意のスピードでね。電車やバスから降りるように、人間は時間から降りることができるようになるんだ。ぼくの器械を使えば、きみだって幸福の瞬間を停止させてだね、一ト月でも飽きるまで楽しめるんだ。ぼくの器械を使えば、辛い悲しみの日々もたちまちこなごなになる。太陽の弾丸が、きみの頭上で、くるしみの時間にとどめをさすのさ。なあに、頸をすくめていりゃ、怪我をすることはありゃしない。どうだい、H・G・ウェルズの花火めいた空想も、アインシュタインの未来派さながらの脳髄も、熊や瑜伽《ゆが》の行者のけだものじみた、冬眠の習慣も、すべて、何もかも、この器械に押しこまれ、圧縮され、溶けこんでいる。

ヴェロ　何が何やらさっぱりわからない。そんなものは何も見えないがな。

チュダ　眼鏡をかけろよ、眼鏡を！　このプラチナや水晶の板に、この混合光線のきらめきに、きみは目がくらんでるんだ。見えるだろ？　見えるだろ？

ヴェロ　うん、まあ見える……

チュダ　ほら、気がついただろ、あの二本の滑尺、水平と垂直の、秤《はかり》みたいに目盛のついた？

ヴェロ　うん、まあ見える……

チュダ　あの滑尺で、必要な空間の体積を測るんだ。ほら、それから見えるだろ、あの車輪状の調整器？

ヴェロ　うん、まあ見える……

チュダ　あのスイッチでもって、指定した空間を絶縁し、あらゆる引力の場をあらゆる重量から切り離す。それから、あの変なかたちをした槓杆《こうかん》で、時間のスピードと方向を指定する。

ヴェロ　わかった！　すごい！　秀逸だ!!　つまり、こういうことだろ。全ソ会議がひらかれる。議題は、提起された問題の解決という問題だ。国立・科学芸術アカデミーを代表して、同志コーガンあたりが一席ぶつさ、「同志諸君、国際帝国主義のアンテナを通して、赤い糸のごとく一貫せる波長は……」その途端に、コーガンを幹部会から絶縁しちまうんだ。そして時間を十五分間に百五十分のスピードで動かす。野郎がいくら汗だらだら流して挨拶を送るつもりでも、口をひらくかひらかないかに、もう嵐のような拍手。みんなほっと溜息をついて、椅子から立ちあがる。まだ尻は痛くなっていない。さあ仕事に帰れ、と。こんな具合なんだろう？

チュダ　ふう、なんて俗悪なんだ！　そんなコーガンとかいう男とこれと、なんの関係があるんだい。これはつまりだね、宇宙的相関関係の問題、すなわち時間というものを形而上学的実在つまりナウメノンから、化学的・物理的作用を受ける現実へと転化させる問題なんだ。

ヴェロ　それさ、おれが言ってるのも。きみはその化学的・物理的作用をおよぼす現実の発電所を作ってくれよ。おれたちはそこから電線を引いて、たとえば、そう、ニワトリの孵卵器かなんかに結びつける。そして十五分で半プードもあるニワトリを育てるのさ。あとは羽根の下にプラグを差しこんで、時間のスイッチを入れりゃあ、あっという間にニワトリの空揚げ一丁あがりとくら。

チユダ　何のことだ、孵卵器だとか、ニワトリだとか?!　ぼくが言ってるのは、つまりだね……

ヴェロ　いや、わかった、わかった、象のことでもキリンのことでも考えてるがいいさ。ニワトリのことなんか考えるのは下らないんならね。しかしおれたちは、それをあくまでヒヨッコに応用して……

チユダ　つまらん、低俗だ！　きみの実用的物質主義の言い草を聴いていると、こっちがニワトリになったような気持だ。ぼくは今や羽ばたいて飛び上らんとしてるとこなのに、きみときたらぼくの羽根をむしっちまうんだな。

ヴェロ　わかった、わかった、興奮するなよ。おれがきみの羽根をむしったんなら、かんべんしてくれよな。ちゃんと元通り差しこんどいてやるから。さあ、じゃんじゃん飛んでくれ、張り切ってくれ、空想してくれ。おれたちはきみの熱心な仕事を妨害するどころか、いくらでも援助するよ。なあ、怒るなってば。きみの器械を動かしてみせてくれ。どこをどうやるんだい？

チュダ　じゃ、よく見てろよ！　このハンドルにちょっと触れるだけで、時間が走り出すんだ。ぼくらが絶縁室に閉じこめた空間を締めつけて、それを変化させるんだ。まず手始めに、あらゆる予言者、男や女の占い師から、パンを取り上げてみせよう。

ヴェロ　ちょっと待った、チュダコフ、おれをそのなかへ入れてくれないか。五分後にはコムソモールから髭もじゃのマルクスになるかもしれないぜ。でなきゃ、党生活三百年の老ボリシェヴィキにさ。そしたら、きみの発明を信用しよう。

チュダ（びっくりして引きとめながら）ばか、あぶないよ！　現在そこに地下鉄の鉄筋が入ってるとしてみろ、鋼鉄の占める空間にひよわい体を入れたきみは、一瞬間で歯磨粉みたいになっちまう。それに、未来の地下鉄が脱線するかもしれないし、この地下室だって、千バール以上の異常時間震動を受けると、ばらばらにこわれちまうんだ。今そこに入るのは危険だよ、そこから出てくるものを、待たなくちゃあ。運転はゆっくり、ゆっくり、せいぜい一分間に五年のスピードで……

フォスキン　ちょっくら待ちなよ、同志。どっちにしろ器械は動かすんだろう。それなら一つ頼みがあるんだが、おいらの宝クジをその器械のなかへ入れてくんないかな。せっかく手放さずにとっといたクジだもの、五分経ったら十万フランも当るかもしれないよ。

ヴェロ　そりゃうまい！　だったら、ついでに財政人民委員部をぜんぶ突っこまなくちゃあ。でないと、当ったとき、当選番号の一覧表を見せろなんて言われると困るからな。

チュダ　ああ、ぼくは未来の扉を押しひらくつもりなのに、きみらは金の話か……ふう、史的唯物論者！

フォスキン　そんな言い方ってねえや、おいらあお前さんのためにクジが当ればいいと思ったんだぜ。お前さん、この実験につかう金があるのかね。

チュダ　そう……え、金だって？

ヴェロ　金？

ドアにノックの音。イヴァン・イヴァノヴィチ、ポント・キッチ、メザリヤンソヴァ、モメンタリニコフ登場。

メザリヤンソヴァ（チュダコフに）ドゥ・ユウ・スピーク・イングリッシュ？　じゃあ、シュプレッヘン・ジイ・ドイチュ？　でなきゃあ、パルレ・ヴゥ・フランセ？　ああ、こんなことだろうと思ってたわ！　面倒だこと。あたしたちの言葉を労働者の言葉にトラデュクシオンしなきゃならない。こちらはムッシュー・イヴァン・イヴァノヴィチ、同志イヴァン・イヴァノヴィチよ！

もちろんご存じでしょ、イヴァン・イヴァノヴィチを？

イヴァン・イヴァノヴィチ　こんにちは、こんにちは、親愛な同志！　固くならないで下さい！　ゴーリキー氏お得意の言葉を借りれば、われらの成果をお見せしましょう。小生自身もときどき……おわかりですね、この重荷は！　われら労働者農民は、われら自身の赤いエジソンを非常に非常に必要としております。もちろん、われらの発展における危機、機械文明における若干の欠点は、いわば大事の前の小事であって……あとわずかの努力で、これは克服できます。お宅に電話はありますか。お宅に電話がない！　それじゃ早速、同志ニコライに言っときましょう。願いはきっとかなえてくれます。しかし万一ことわられたら、同志ヴラジーミルに頼めばいい。必ず力を貸してくれる人です。同志セミョンも小生にいつも言うんですよ、「われら労働者農民には、われら自身の赤いエジソン、ソビエトのエジソンが必要だ」ってね。同志モメンタリニコフ、ひとつ大々的な運動を展開しなきゃなりません。

モメンタリニコフ
閣下、お言いつけを！
われわれの食欲はわずかなもの。
課・課・課題を与えて下さりゃあ、
たちまちうちに遂行しましょう。

メザリ　こちらはムッシュー・モメンタリニコフ、同志モメンタリニコフですわ！　新聞社の方ですの！　同伴者ですの！　ソビエト政権があらわれれば、それに同伴し、あたしたちがあらわれれば、あたしたちの味方になり、敵がくれば姿を消す――神出鬼没の方ですわ。

モメンタ　その通り、全くその通りです、新聞記者です！　革命前および革命後の新聞社で働いています。ただ残念ながら革命中の新聞社は知りませんが。なにしろ、白軍だ、赤軍だ、緑軍だ、クリミアだ、非合法活動だ……やむなく小さな商店をやっておりました。もちろん、ぼくの店ではありません。おやじの、いや叔父の店でして。ぼくの信念は労働者です。のたれ死にするより赤旗の下で死ね、それがぼくの口癖でした。こういうスローガンを出せば、ぼくみたいなインテリゲンチヤはどっさり団結します。閣下、お言いつけを――われわれの食欲はわずかなもの！

ポント・キッチ　えへん！　えへん！

メザリ　パルドン！　ごめんあそばせ！　こちらはミスター・ポント・キッチ、ポント・キッチさんですわ。大英帝国のアングロサクソン。

イヴァン　あなたはイギリスにいらしたのですか。ああ、小生もイギリスに行ったことがあります！……どこもかしこもイギリス人ばかりで……リヴァプールで鳥打帽を買い、アンチ・デューリングの住んでいた家を見学しました。ああ、実に興味ぶかい！ひとつ大々的な運動を展開しなきゃなりません。

メザリ　ミスター・ポント・キッチは、ロンドンでもシティでも有名なフィラテリスト ですわ。フィラテリスト、つまり、ロシア語で言えば切手蒐集家であるのみか、化学工場、航空機、そして芸術一般に、非常な非常な興味を抱いておられます。非常に、非常に文化的で社交的な方ですの。そればかりか、パトロンですわ。つまり……何て訳したらいいかしら……映画俳優や発明家の方を援助して下さる……ちょうど労農監督局に似ていますけど、ただその逆ね……ヴゥ・コンプルネ？　もうイスヴェスチヤの建物《ビル》の上からモスクワを見物なさいましたし、ルナチャルスキーさんに面会なさいましたし、それで今度はこちらへ見えられたわけですわ……とても文化的で社交的な方。こちらの住所《アドレス》をちゃんとおっしゃって。

フォスキン　へ、鼻のおっさん、勘がいいじゃねえか！

メザリ　プリーズ、サー！

ポント・キッチ　イワン、ドアに怒鳴った、けもの、食事中。天国行った、マネキンさん、アライ熊はヒンドスタン。胡椒かけすぎ、けもの、発明です。

メザリ　ミスター・ポント・キッチはご自分の言葉でこうおっしゃっています。霧で有名なイギリスでは、マクドナルドからチャーチルに至るまで、誰も彼もがけもののようにあなたの発明に関心を寄せています。ですからキッチさんは非常に、非常に……

チュダ　そうでしょう、そうでしょう！　ぼくの発明は全人類のものですから、もちろん今すぐ……ぼくはとても、とても嬉しいです。（手帳をとり出した外国人を、器械のそばへ連れて行き、説明する）こんな具合なんです。ええ……ええ……ええ……ここには槓《こう》杆《かん》が二つあって、この平行した水晶の測定滑尺でもって……ええ……ええ……ええ……こういう具合に手前に引きます！　そして、これはこんなふうに……ええ、そうです……

ヴェロ　（イヴァン・イヴァノヴィチを脇へ引っぱって行って）同志、あの男を援助してやってくれませんか。私もね、これでできるだけのことはしたんですよ。《無断立入禁止》って所にずかずか入ったし、《本日の事務終了》って所で何時間でも待ってたし、《関係者以外出入を禁ず》って看板の下で徹夜せんばかりでね——ところがいっこうに埒があかない。たかが十枚か二十枚の紙幣《おさつ》の支出をぐずぐず遅らしてるばっかりに、偉大な発明が台なしになっちまうかもしれない瀬戸際ですぜ。同志、あんたの知ってるその筋の人にぜひ……

イヴァン　そう、それは恐ろしいことです。大事の前の小事ですな。すぐ調和管理局へ行きましょう……同志ニコライにすぐ言ってあげましょう……彼に万一ことわられたら、同志パーヴェルとじきじき話をつけてあげます……お宅に電話はありますか。ああ、お宅に電話がない！　機械文明の若干の欠陥ですな……ああ、スイスの機械文明はすばらしい！　あなたはスイスにいらしたことがありますか。小生はスイスに行ったことがあります。どこもかしこもスイス人ばかりで……実に興味ぶかい。

ポント・キッチ （手帳をポケットにおさめ、チュダコフの手を握りながら）じいさん、天国に、電車もってった。ドアからドアに這ってってった。とうとう着かない。なぐれ、イワン。

メザリ 紙幣《おさつ》は？……

ヴェロ ミスター・ポント・キッチはおっしゃっていいます。もしあなたにお金が必要でしたら……

こいつにですか？ こいつにゃ要りませんよ、こいつは金なんか糞くらえだ。私がたった今、国立銀行に一っ走りしたところでね。もう紙幣《さつ》だらけです。うんざりするくらいだ。こっちのポッケは二ルーブリ札でいっぱい。こっち側は三ルーブリ札でいっぱい、両側とも十ルーブリ札でぎっしりだ。オーライ！ グッドバイ！（ポント・キッチの手を握り、両腕で抱擁し、大はしゃぎで戸口から送り出す）

メザリ あなた方、もうすこしお上品にできませんこと。あなた方コムソモールのそういう態度が原因で、いずれは大変な国際問題がもちあがりますわよ。グッドバイ――さようなら、ごめんあそばせ！

イヴァン （チュダコフの肩を叩いて）小生もあなたぐらいの年頃には……大事の前の小事ですな。われらにはソビエトのエジソンが必要です、だんぜん必要です。（ドアの向うから）お宅に電話がない。よろしい。きっと同志ニカンドルに言っておきましょう。

モメンタ （小刻みに歩きながら歌う）閣下、お言いつけを……

チュダ　（ヴェロシペートキンに）よかったな、金があるとは知らなかった。

ヴェロ　あるもんかよ、金なんか！

チュダ　そりゃどういうことだい、金がないとは？　そんならどうして、さっきあんなにホラを吹いたんだい……外国人が金を都合するって言ったのに、ことわったりしてさ……

ヴェロ　お前さんは天才かもしらんが、なんて間抜けなんだ！　いいかい、きみのせっかくの発明が鉄に姿を変えてだな、はるばるイギリスから、時間を支配する透明な軍艦かなんかになって、わが国の工場や事務所を襲ってきたら、どうするんだ。きみはそれでもいいってのか。

チュダ　そりゃそうだな、そりゃそうだな……だのに、ぼくはあいつに何もかも喋っちまった。おまけに、あいつは手帳に書きつけてた！　きみはなんでぼくを止めなかったんだい。戸口まで送ってって、抱きついたりしてたじゃないか！

ヴェロ　ばか、おいらの細工はりゅうりゅうだい。昔の浮浪生活もこんなところで役に立つさ。あの野郎じゃなくて、あの野郎のポケットに抱きついたんだ。ほら、これがイギリスの手帳だぜ。奴さん、手帳一つ紛失とくら。

チュダ　でかした、ヴェロシペートキン！　そいで、金のほうは？

ヴェロ　チュダコフ、おりゃできるだけのことはする覚悟だぜ。喉《のど》にくらいついて、喉仏を噛み切ってやらあ。ほっぺたが空中にすっとぶほど喧嘩してやらあ。あのオプチミスチェンコにだって、ずいぶん発破をかけたし、どなりつけてもやったんだ。あいつあ玉突の玉だな、すべすべ、つるつるしてやがる。鏡みたいなうわっつらに映るのは、上役の姿ばっかり、それもさかさまの姿さ。あの会計係のノーチキンの奴だって、おりゃずいぶんアジってやった。しかしだな、あのポベドノーシコフの畜生は、手がつけられねえぜ。あん畜生ときたら、てめえの手柄話や党歴でもって、誰彼の差別なく平らにのしちまうんだ。あいつの経歴を知ってるかい。〈革命前に何をしていましたか〉というアンケートにたいする、あいつの答はこうさ。〈党にいた〉。どの党にいたのか、ボリシェヴィキかメンシェヴィキかも、さっぱりわからない。きっと、どっちでもなかったんじゃないかな。その後、あいつは看守の目をくらまして、監獄からズラかった。それが二十五年経った今はどうだい、てめえが時代に目をくらまされて、見ろよ、あいつの目ときたら、自己満足でジクジクしてやがる。あんな目で何が見える？　社会主義？　とんでもない、インキ瓶と文鎮だけだよ。

フォスキン　お二人さんよ、この半田づけはどうしますね、ヨダレでもってくっつけろってのかい。あと、ここに二個残ってるんだ。最低二百六十ルーブリは要るね。

ポーリヤ（金の包みをもって駆けこんでくる）お金よ。ああ、おかしかった！

ヴェロ（フォスキンに金を渡す。フォスキンは走って出て行く）大急ぎで頼むぜ！　タクシーを使えよ！　材料を買って、手伝いを二、三人連れてきてくれ。（ポーリャに）じゃあ、お役人さんの説得に成功したんですね、家庭の線からの？

ポーリャ　とても一筋縄でいきゃしないわ、あのひとは。おかしいのよ！　いつも家に帰ってくるときは書類のウワバミみたい。いろんな決議でおなかが大きくなったみたい。これはおかしくもなんともないわ。ノーチキンが……この人は役所の会計係なの、逢うのは今日が初めてなんだけど……そのノーチキンがね、食事の最中に跳びこんできたの。お金の包みをいきなりつきつけて、渡して下さい……こっそりと、ですって……おかしいのよ！　自分ではここへ来られないんですって……協力したって知れると困るんですって。これはおかしくもなんともないわ。

チュダ　というと、この金は……

ヴェロ　そうだ。こいつは考えてみなきゃならんぞ。おれの考えじゃ……まあいいや！　大したことじゃない！　あした、よく考えてみよう。

フォスキン、ドヴォイキン、トロイキン登場。

ヴェロ　用意はできたかい。

フォスキン　できたとも！

ヴェロ（一同を集めて）よし、仕事にかかろうぜ！　始めてくれ、みんな！

チュダ　よし、これでよしと……接続はできた。絶縁板もオーケー。電圧もよろし。これでうまくいくと思うな。人類の歴史始まって最初の……うしろに下ってくれ！　スイッチを入れるよ……一、二、三！

ベンガル花火の炸裂、煙。一同はうしろへ下がり、それからすぐに炸裂の場所へ近寄る。チュダコフは火傷しながら、端の破れた透明なガラス状の紙片をつまみあげる。

チュダ　跳ねてくれ！　笑ってくれ！　見ろよ、これを！　これは手紙だ！　五十年以後に書かれた手紙だ。わかるかい、五十年以後だよ!!　なんてふしぎな言葉だろう！読んでみてくれないか！

ヴェロ　読むところなんか何もないじゃないか……〈ヤ・カ・5・24・20〉。こりゃなんだい、ヤ・カって男の電話番号かい。

チュダ　ヤ・カじゃないよ、ユ・クだ。かれらは子音の字だけで書くのさ。5というのは母音の指示番号なんだ。ア・エ・イ・オ・ウ、五番目がウだから、ユ・クだろ。これでアルファベットが二十五パーセント節約になる。わかるかい？　24はあしたの日付だ。20は時刻。つまり、彼あるいは彼女あるいはそれが、あしたの夜八時にここへ来る、という意味だ。さあ、こりゃ一大事だぞ！　だって……ほら、この紙の端っこが焦げて、ちぎれてるだろう？　これはつまり、現在は空っぽの空間を飛んでくるその体が、今後五十年のあいだに、途中で何かの障害にぶつかったということなのさ。

住宅委員会議長　いったい何度言ったらわかるんだね、とっとと出てっておくれ、そのへんてこな小間物店をしまってさ。上まで変な匂いがしてかなわないよ。立派な方の部屋まで匂ってくるんだ、同志ポベドノーシコフの部屋まで。（ポーリャに気がつく）あ……こりゃ……奥さんがいらしたんですか。結構ですな、奥さんが社会で活躍なさるのはまことに結構ですな。あの、お宅でお使いになるかと思いまして、小さな扇風機を一台確保しておきましたから。では、失礼をばいたしました。

第二幕

役所の応援室の壁、右手のドアにはネオンで

だから花火が炸裂したんだ。さあ、一刻も早く、向うからやってくる人を殺さないように、人と金を……総動員しなくちゃぁあ！一刻も早く、できるだけ高い、できるだけ広い空間で実験をやらなくちゃいけない。国が援助してくれないんなら、ぼく一人でもこの重荷を支えてみせるぞ。とにかく、あしたが運命のわかれめだ。みんな、一緒に来てくれないか！（戸口へ急ぐ）

ヴェロ　行こうぜ、みんな、やつらの襟首をひっつかんでやろうぜ。おれ、役人なんか食ったっていいぞ。服のボタンは吐き出すけどさ。

ドアが出会いがしらにさっとひらく。

〈無断立入禁止〉と出ている。ドアのそばのデスクにオプチミスチェンコ。壁に沿ってずらりと並んだ、請願に来た人たちに応対している。請願の人たちはまるでトランプのカードが崩れるときのように、互いの動作を真似する。壁が内側から照明されると、請願の人たちは黒いシルエットになり、内側にあるポベドノーシコフの事務室が見える。

オプチミスチェンコ　何のご用ですか、市民。

請願に来た男　お願いしますよ、秘書さん、つかまえて下さいな、頼むからつかまえて下さいな。

オプチ　それはできます。つかまえることや丸くおさめることは、できます。どんな問題でも、つかまえられるし、丸くおさめられる。提出書類はありますか。

男　性質って……そりゃもう手のつけられねえ性質なんですよ。どなるわ、摑《つか》み合うわ、摑み合うわ、どなるわ。

オプチ　それは誰のことです。問題に手がつけられないのですか。

男　いや、問題じゃない、虎男パーシカですよ。

オプチ　失礼ですが、市民、そんなパーシカをつかまえることなどできません。

男　そうなんですよ、一人じゃ絶対につかまえられない。しかし二人か三人でなら、こちらで命令を出してくださりゃ、つかまえて縛っちまいます。お願いしますよ、あの与太者をつかまえて下さいな。アパート中があいつのおかげで青息吐息なんですからね……

オプチ　呆れたな！　そういう下らん問題をどうしてこんな大きな役所へ持ちこむのです。警察へ行けばよろしい……あなたは何のご用ですか、市民。

請願に来た女　丸くおさめて下さいな、あなた、丸くおさめて下さいな。

オプチ　それはできます。丸くおさめることも、つかまえることもできます。どんな問題でもつかまえられるし、丸くおさめられる。記録の閉じこみをお持ちですか。

女　いいえ、あなた、閉じこめたりしちゃ困るんですよ。警察でもねえ、一週間かそこいら閉じこめといてやろうかって言われたんですけど、そのあいだ、わたしが食うに困るじゃありませんか。牢屋から出てきたら、またわたしをなぐるに決ってますものねえ。

オプチ　失礼ですが、市民、あなたは問題を丸くおさめる必要があると請願なさったのですよ。どうしてご主人の愚痴をこぼすのです。

女　ですから、その、わたしと亭主の仲を丸くおさめていただこうと思いましてねえ。亭主ときたら、あなた、ひどい飲んべなんですよ。でも、あれで党員なもんだから、みんな面とむかっちゃ言えないんです。

オプチ　呆れたな！　さっきから申し上げている通り、そういう下らん問題を大きな役所へ持ちこまないで下さい。ここでは下らん問題は扱いません。国はもっと大きなことに興味をもっています。テイラー・システムとか、そういった種類の……

チュダコフとヴェロシペートキンが駆けこんでくる。

オプチ　ちょっと？　あなた方はどこへ行くんです。
ヴェロ（オプチミスチェンコを押しのけようとしながら）同志ポベドノーシコフに大至急、大特急、ウナの用事です！
チュダ（繰り返す）大特急……ウナ……
オプチ　ははあ！　あなたの顔には見おぼえがあります。あれはあなたですか、あなたの弟さんですか。何度も通《かよ》ってきた若い人は。
チュダ　あれはぼくです、ぼく自身です。
オプチ　ちがうでしょう……あの若い人には髭がなかった。
チュダ　髭もなかったですよ、通い始めた頃は。同志オプチミスチェンコ、はやく片をつけてくれませんか。ぼくらは長官のとこへ直接行きます。ぼくらに必要なのはポベドノーシコフさんなんです。
オプチ　その必要はありません。あなたが長官をわずらわす必要はありません。私から充分満足のいく回答をいたします。何もかも筋道を立てるべきです。あなたの問題にかんする解決は、すでについています。
チュダ（嬉しそうに問い返す）充分満足のいく回答ですって？
ヴェロ（嬉しそうに問い返す）すでに解決がついている？　ほんとですか？　じゃ、官僚もついに降参したな？　そうなんですね？　こいつあよかった！

オプチ　何をおっしゃる！　粛清がおこなわれたばかりなのに、官僚なんているものですか。回答はすべて最新式のカード・システムによるインディケーターにあらわれます。これを使うと、出たり入ったりする必要はありません。ここをこうすると、あなたのカードが出てきます。それから、こう動かすと、あなたの問題が出てきます。もひとつ、こう動かすと、完全な決定があらわれます。ほうら、ね！（二人はのぞきこむ）いま申し上げた通り、完全な解決です。いいですか、読み上げます！　お・こ・と・わ・り。

舞台前面が暗くなる。事務室の内部。

ポベドノーシコフ（書類をめくり、電話のダイヤルを回しながら、口述している）《……したがって、同志諸君、この革命の半鐘、呼びかけの声、すなわち市電のチンチンと鳴る鈴の音は、あらゆる労働者農民の胸のうちで、あたかも鐘楼の鐘のごとくとどろき渡らねばならんのである。本日、ソビエト医学十周年広場と、かつてのブルジョアの要害〈乾草市場〉とは、イリイチのレールによって結ばれるのである……》（電話にむかって）そうです。もしもし、もしもし！……（口述をつづける）《十月二十五日以前に電車に乗っていたのは誰か。階級を離脱したインテリゲンチヤ、僧侶、貴族どもである。

いくばくの料金で乗っていたか。一区間五カペイカである。いかなる電車に乗っていたか。黄色い車輛である。しからば今後は誰が乗るのか。今後乗るのはわれら、全世界の勤労者である。われらはいかなる具合に乗るのか。あらゆるソビエト的設備においてである。しかも赤い車輛である。いくばくの料金でか。たったの十カペイカである。したがって、同志諸君……》（電話が鳴る。電話にむかって）はい、はい、そうです。いや、そんなものはありません……どこまで口述したっけね。

アンダートン　（タイピスト）《したがって、同志諸君……》までですわ。

ポベド　そう、そうだった……《したがって、同志諸君、思い出していただきたい、レフ・トルストイは偉大にして忘れ得ざるペンの芸術家である。彼の文化遺産は、二つの世界の境い目に立って、偉大なる芸術の星、最大の星座として、すなわちかの大熊星座のごとく光り輝いている。レフ・トルストイは……》

アンダートン　あの、同志ポベドノーシコフ、さっきは電車のことをおっしゃってましたのに、今度はレフ・トルストイが出てきたのは、どうしてなのでしょう。なんだか電車とトルストイが混線してしまったみたいですわ。

ポベド　なに、電車がどうしたって？　ああ、そう、そうだ……どうもあんまり講演が多いとこんぐらかって……しかし勤務時間中は余計な言葉をつつしんでもらいたいね！

自己批判のためならば壁新聞があります。つづけて……《そのレフ・トルストイすら、この偉大なペンの大熊星座すら、先に述べた電車のかたちにおいて現れたわれらの成果をのぞき見たならば、世界帝国主義の眼前でこう言明するにちがいない、「黙ってはいられない」と。これこそ一般義務教育のみごとな成果ではないか。これら記念祭の日々にあたって……》けしからん！　悪夢のようだ！　ここに呼んで下さい、同志……いや市民会計係ノーチキンを。

ポベドノーシコフの事務室が暗くなる。ふたたび事務室の前の行列。今にも中へ駆けこもうとするチュダコフとヴェロシペートキン。

ヴェロ　同志オプチミスチェンコ、そりゃあ侮辱だ！

オプチ　とんでもない、誰も侮辱などしていません。規定どおり、そちらの申し出を聴いて、おことわりと決定しただけです。あなた方の発明は次の四半期の予定に繰りこまれなかったのです。

ヴェロ　次の四半期ぐらいで社会主義が建設されてたまるもんかい。

オプチ　あなた、われわれの国務を邪魔しないで下さい、そんな夢みたいな話を持ちこんで！（入って来たベリヴェドンスキーに）どうぞどうぞ！　ずっとお通り下さい！　ご遠慮なく！（ヴェロシペートキンに）あなた方の提案は、外務人民委員部の許可を得ていません。したがって広汎な労働者農民に不必要なものです。

ヴェロ　なんで外務人民委員部なんかが出てくるんだ。頭のコチコチな野郎だな。

チュダ　もちろん、この発明のもたらす結果の規模の大きさを、何から何まで予測することはできませんけど、いずれはこの発明だって輸送問題に利用される可能性が大いにあるんですよ。最大のスピードで、ほとんど時間を無視したスピードで……

ヴェロ　そう、そう、そこだ、外務人民委員部とだって話はつけられるよな。たとえばですね、真夜中の三時に乗ると、明け方の五時にはもうレニングラードに着いちまう。

オプチ　さっきお答えした通りです。おことわりです。不必要です。それに、どうして明け方の五時にレニングラードへ行かなきゃならないのです、まだ官庁はしまってるのに。（電話の赤ランプがつく。電話に耳をかたむけてから、叫ぶ）ノーチキンを——同志ポベドノーシコフの部屋へ！

跳びかかってくるチュダコフとヴェロシペートキンを避けながら、ノーチキンがポベドノーシコフのドアへむかって小走りに行く。ポベドノーシコフの事務室。

ポベド（猛烈な勢いでダイヤルを回しながら）ふう、イワン君か？　よう、イワン！　切符を二枚頼みたいんだがね。もちろん、国際列車のさ。なに、もうその係じゃないって？　ふう！　これだけ責任ある地位にいて、この程度の便宜も得られないのかね。

切符が入用だのに、どこへ電話したらいいかもわからん！　もしもし、もしもし！
（タイピストに）どこまで喋ったっけね。

アンダートン　《したがって、同志諸君……》

ポベド　《したがって、同志諸君、オペラ「エヴゲーニイ・オネーギン」および同名の狂言の作者として、他に追随をゆるさぬかのアレクサンドル・セルゲーヴィチ・プーシキンは……》

アンダートン　あの、同志ポベドノーシコフ、さっきは電車のことをおっしゃってましたのに、トルストイが乗ってきたり、今度はプーシキンまで乗ってきて、電車のほうは走りっぱなしになってますわ。

ポベド　トルストイがどうしたって？　電車がどうしたって？　ああ、そう、そうだ！　どうもあんまり報告が多いと、こんぐらかって……しかし、余計な言葉はつつしんでもらいたいね！　私は一点非のうちどころなく一つのテーマで、いかなる偏向もなく論文を書いているのです。それをあんたは……トルストイにしろプーシキンにしろ、おのぞみならバイロンをもってきたっていい、これらはみな時代こそ異なれ、われわれの同志です。私は大きな指導論文を一つ書くから、あんたはそれをあとで個々の問題に分割してだな、それぞれの目的に使用すればよろしい。自己批判で歪曲せずにな。しかし、あんたはどうもくちびるを紅く塗ったり、白粉《おしろい》をつけることしか考えておらんようだ。この役所にはふさわしくありませんな。もう大分前から、若いコムソモールカを入れて、事務局を労働者化すべきだと思っていたところです。今日ただちにあんたは……（ベリヴェドンスキーが入ってくる）やあ、ご苦労、同志ベリヴェドンスキー！　ノルマは完遂したかね。突貫作業は？

ベリヴェドンスキー　完遂しました、もちろん完遂しました。ほとんど夜の目も寝ずに、自分自身といわゆる社会主義的競走をおこなって、何もかも社会的注文と三百パーセントの前払いにしたがって完遂しました。なんでしたら、同志、あなたの未来の家具造作をお見せしましょうか。

ポベド　デモンストレイトしてくれ給え！

ベリヴェ　かしこまりました！　もちろんご存じのことと思いますが、有名な歴史学者の申すとおり、家具のスタイルにはさまざまなルイ様式があります。たとえば、これはルイ・カトルズ、つまり十四世ですな。四十八年の革命以来、十三世のすぐ次に即位したこの王を、フランス人はこう呼んでおります。それから、これはルイ・ジャコブ、そして最後に、これはもっとも現代的なものとしておすすめしますが、ルイ・悪《モヴェ》趣味《グウ》スタイルです。

ポベド　スタイルはどうでもいい、なかなか趣味がいいじゃないかね。それで、値段は？

ベリヴェ　これらのルイ様式はみな似たり寄ったりのお値段でして。

ポベド　それじゃ、ルイ十四世にしておこうじゃないか。しかし、言うまでもないと思うが、労働監督局の物価切り下げの方針に従うことだね。きみにやってもらいたいのは、椅子やソファの足をまっすぐにすること、金箔をソギ落すこと、腐った木の部分に塗料をぬること、背の部分とかその他の目立つ箇所にソビエトの紋章を描くこと、それを期限までにやってもらいたい。

ベリヴェ 結構ですな！ ルイと名のつく王様は十五人以上もいましたのに、ここまで考えつく人は一人もいなかった。あなたはたちまちボリシェヴィキ的、革命的なスタイルを案出なさいました！ 同志ポベドノーシコフ、あなたのポートレイトを書かせていただけませんか。クレジットの割当担当官、革新的な官吏としてのあなたをぜひ描いてみたいのです。「牢獄と流刑」、これは雑誌ですが、あなたの肖像を欲しがっておりますよ。革命美術館もあなたの肖像を欲しがっておりますよ。原画を持って行けば、途端に引ったくられること、うけあいです！ 複製の方だって、私の同僚たちが、給料差っ引きの分割払いで、よろこんで買いますよ。いかがでしょう。

ポベド 困るな、それは！ そういう下らんことのために国務をゆるがせにはできん。しかし、それほど方々から要求があるとすれば、執務中に描いていただくという条件で、お受けしましょう。私はこの事務机の前に坐っているから、絵のほうは回顧的にだね、たとえば乗馬中であるかのごとく描いてくれ給え。

ベリヴェ その馬はすでに自宅で描いて参りました！ 疾走中のすばらしい馬です。ときどき記憶が不明瞭になるたびに、われとわが身を鏡に映しましてね。あとは、あなたをその馬に結びつけるだけです。そこの紙屑籠を脇へどけて下さいませんか。ああ、かくも功労のある方が、なんという控え目なお姿でしょう！　その革命的なおみ足の線を描かせて下さい。なんと美しく光るお靴でしょう。舐めたいようだ。これほどの純粋な線は、ミケランジェロに匹敵しますな。ミケランジェロをご存じで？

ポベド　アンジェロフ？　アルメニア人かね？

ベリヴェ　イタリア人です。

ポベド　ファシストか？

ベリヴェ　何をおっしゃる！

ポベド　知らんな、そんな男は。

ベリヴェ　ご存じない？

ポベド　その男は私を知ってるかね？

ベリヴェ　さあ、どうでしょうか……やはり画家でして。

ポベド　ああ！　それなら知ってもいい筈だ。絵描きは大勢いるが、調和管理局長官は一人だからな。

ベリヴェ　鉛筆がふるえます。世馴れた控え目なお姿に、性格の弁証法的なところを出すのは、とてもむずかしい。威風堂々たる自尊心でございますな、同志ポベドノーシコフ！　右肩ごしに、万年筆ごしに、視線をお向け下さい。この瞬間を子子孫々に伝えましょう。

ポベド　入り給え！

ノーチキンが入ってくる。

ポベド　きみか!!

ノーチキン　わたくしは……

ポベド　二百三十か？

ノーチキン　二百四十です。

ポベド　飲んだのか……

ノーチキン　博打《ばくち》です。

ポベド　恐ろしい！　言語道断！　何をしたか？　遣《つか》い込みだ！　どこで？　私の役所で！　いつ？　私がこの役所を社会主義にむかって導きつつあるときに。カルル・マルクスの天才的な例に倣《なら》い、中央の指示にしたがって、この私が……

ノーチキン　そんなことをおっしゃるんなら、マルクスだって博打をやりましたよ。

ポベド　マルクスが？　博打を？　絶対にやらなかった！

ノーチキン　絶対にやらなかったとおっしゃったって……フランツ・メーリングは何と書いています？　かの労作「カルル・マルクスの個人生活」の七十二頁に何と書いています？　やったんですよ、博打を、われらの偉大な教師は……

ポベド　もちろん私だってメーリングを読みました。第一に、メーリングは誇張しとる。第二に、なるほどカルル・マルクスは博打をやったが、トランプじゃない、商取引の博打を行ったのです。

ノーチキン　しかし、同時代の、かの有名なリュドヴィヒ・フォイエルバッハは、マルクスはトランプの博打もやったと書いていますよ。

ポベド　もちろん私だって同志フォイエルバッホフのものを読みました。マルクスもときどきはトランプの博打をやったけれども、金を賭けてはいなかった……

ノーチキン　いや……金を賭けたんです。

ポベド　そうですよ。しかし自分の金です。役所の公金じゃない。

ノーチキン　マルクスの研究家なら誰でも知ってるじゃありませんか、彼が一度、公金に手を出した有名な事実を。

ポベド　もちろん、その事実は、いわば歴史的前例としてだね、きみの行為を大目に見るよう強いるのだが、しかし……

ノーチキン　くっだらねえな、聞いちゃいられねえよ！　マルクスが博打なんかやった筈がねえじゃねえか。お前さんとは話もできやしねえや！　お前さん、人間の言葉がわかるのかい。書類と規則しか、わからねえんじゃねえのか。書類をつめこんだ鞄だよ、あんたってえひとは！　事務用のクリップだよ！

ポベド　な、なんだと?!　愚弄するのか？　直接の上司にむかって、責任ある上司にむかって、間接の……いや、それどころではない！　完全無欠のマルクスにむかって……ゆるしませんぞ！　逮捕させるぞ!!

ノーチキン　同志ポベドノーシコフ、そんな大きな声を出さなくてもいいよ、民警には私が自身で知らせますさ。

ポベド　うるさい！　ゆるさんぞ!!

ベリヴェ　同志ポベドノーシコフ！　そのま

まで！　どうかそのままのポーズで！　この瞬間を子子孫々に伝えましょう。

アンダートン　は、は、は！

ポベド　同情するのか？　遣《つか》い込みをやった男に？　笑うのか？　しかも口紅を塗ったくちびるで？……出て行け！（一人になる。電話のダイヤルを回し）もしもし、もしもし！　ふう、ふう！……やあ、アレクサンドル・ペトローヴィチ。いい加減にしてくれ給え、もう三日も……通ったか？　よかったな！　通るのが当り前なんだ、当り前だとも！　怪しい点など一つもない！……こっちは相変らずさ、夜となく昼となく……そう、今日やっと……二枚だ。寝台車をな。一等だ。タイピストを連れて行くのさ。……労農監督局と何の関係があるね。報告の口述をすまさなきゃならんのでな。二百四十ルーブリばかり出ようが入ろうが、なにほどのことがあるかね。日当とか何かの名義にしておくさ。大至急頼むぞ、とどけてくれ給え……ふん、そりゃもちろん、きみの一件は何とかする……そう、そう！　緑の岬行きのをな……私の名前でいい。じゃ、お世話になったな、ありがとう。（受話器をかける。トレアドールのメロディで）もしもし、もしもし！

応接室。チュダコフとヴェロシペートキンが遮二無二なかへ入ろうとする。

オプチ　お待ちなさい、どこへ行くんです、あなた方は？　もうすこし敬意を表したらいかがですか、国家的人物の活動に。

メザリヤンソヴァが入ってくる。チュダコフとヴェロシペートキンはまた割りこもうする。

オプチ　だめです、いけません……この方は順番外です、インターフォンでお約束ずみです……（メザリヤンソヴァの手をとって案内しながら）万事オーケーです……大将はごたつきましたがね。奥方が若い連中のところへ出掛けたことを、意味深長に話してやったんです。初めは怒るの怒らないのって！　ロクな学歴も職歴もない若造が女房に言い寄ることは、ゆるさんぞ、と大声を出しましたが、それからあとは、かえって喜びましたさ。新経済政策《ネップ》的なくちびるをしていると言って、秘書のクビを切りましたしね。さ、ずっとお通り下さい、ご遠慮なさらずに！

メザリヤンソヴァは事務室へ入る。

チュダ　ひどいな、あの女を入れたりして！　同志、わかって下さいよ、どんな科学の力でも悪魔の力でも、現在近づきつつあるものを阻止できないんですよ。この町の上空で早く実験をやらないと、爆発が起りかねないんです。

オプチ　爆発？　そんなものはやらんで下さい！　国家の役所を脅迫するのはやめて下さい。ここで冷静を欠くのはいちばんいけないことです。爆発など起したら、しかるべきところへあなた方を訴えますよ。

ヴェロ　わからないのかなあ、石部金吉！…
…然《しか》るべきところへでも、然るべからざる
ところへでも、訴えたいのはあんたのこと
だよ。ひとが全宇宙的規模の仕事をやって
るのに、メクラ同然のお役所言葉でひとの
熱意をさましちまうんだからな。そうだと
も……

オプチ　個人攻撃はどうかおやめ下さい！
個人が歴史に果す役割はとるに足らないも
のです。今は帝政時代ではありません。熱
意が必要だったのは昔のことです。現在は
史的唯物論の時代ですから、誰もあなた方
の熱意など要求しておりません。

メザリヤンソヴァが事務室から出てくる。

オプチ　みなさん、お帰り下さい、今日の面
接は終りました。

メザリ（書類鞄をかかえている）おお唄姫よ、
汝《な》がうるわしさ！　タララン、タララン…
…

第三幕

劇場の坐席の延長。最前列の席がいくつか空い
ている。《開始》のシグナル。観客はオペラグラ
スで舞台を眺め、舞台からはオペラグラスで客席
を眺めている。口笛、足を踏み鳴らす音、叫び声、
「早く始めろ！」

演出家　みなさん、お静かに願います！　え

え、やむを得ぬ事情のために、第三幕の幕あきを数分間お待ちいただくことになりました。

ちょっと静かになり、又もや叫び声、「早く始めろ！」

演出家 ちょっとお待ちになって下さい、みなさん！（舞台の袖にむかって）どうした、奴さんたち、まだ来ないのか。これ以上おくらせるわけにはいかないぞ。話し合いはあとでもできるんだから。桟敷へ行って、うまく話をつけてくれないか。あ、来たな！……どうぞ、こちらへ！　いいえ、とんでもない！　たいへん光栄です！　いいえ、なんでもございません、たとえ一分や二分、いえ三十分遅れたところで。汽車じゃありませんから、いつでも遅らせることは可能です。なにしろ、こんな時代でございますからね。いろいろな国家的な、惑星的な事業が起って参ります。一幕と二幕はごらんになっていただけましたか。そうですか、いかがでございました？　ご感想をおきかせ願えれば、私どももたいへん幸せでございますが……

ポベドノーシコフ なかなか、よかったな！　今もイヴァン・イヴァノヴィチと話していたところです。掴《つか》み方がするどい。観察もこまかい。しかしだね、にもかかわらず、どうも、いかんところがある……

演出家 いえ、その点はいつでも訂正するように努力いたしております。もしおぼえていらっしゃいましたら、わるい点を具体的におっしゃっていただけますと……

ポベド この芝居はあまりにも、こう、圧縮されておってだね、現実はこんなもんじゃないよ……たとえば、このポベドノーシコフという仁だ。どうもよろしくない……明らかに責任ある地位にある同志がですね、ああいう書き方をされて、しかも調和管理局長官、グラヴナチププスとは何事です。わが国にそんなものはありませんよ。不自然だし、非現実的だし、あり得ない！ これはぜひとも作りかえ、調子をやわらげ、詩的にして、角をとって……

イヴァン・イヴァノヴィチ そうです、そうです、これはよろしくない！ お宅に電話はありますか。小生がフョードル・フョードロヴィチに電話をかけておきましょう。あの方はきっと出向いてきてくれます……あ、上演中はまずいのですか。じゃ、あとで掛けておきます。同志モメンタリニコフ、ひとつ大々的な運動を展開しなきゃなりません。

モメンタリニコフ 閣下、お言いつけを！ われわれの食欲はわずかなもの。一言おっしゃって下さりゃあ、たちまちうちに罵倒しましょう。

演出家 何をおっしゃる！ 何をおっしゃいます、みなさん！ この芝居は教育委員会の許可を得て上演する一種の自己批判劇でして、いわば例外的な、否定的な、文学的なやつなのです。

ポベド　なんと言われた？　「やつ」ですと？　責任ある地位にある国家的人物を、そんなふうに呼んでいいものかな。そんな呼び方ができるのは、党と何の関係もないヤクザ者だけです。「やつ」ですと！　かの人物は何といっても「やつ」じゃあない。指導機関によって任命された調和管理局長官ではありませんか。それをあなたは「やつ」と言う！　たとえ彼の行動に法に触れる点があったとしてもですね、それはしかるべきところへ訴え出て、労農監督局の審査を経て取るべき手段が決定されねばならない。そうするのなら話はわかるが、こういう芝居に仕組んで、公衆の面前で愚弄するのは……

演出家　同志、それは全くその通りですが、しかしこれはただ、彼の行動の過程としてですね……

ポベド　行動？　行動とは何です？　諸君に行動などあり得ないではないかね。諸君の仕事は芝居を見せることで、行動するのはしかるべき党機関、ソビエト機関が諸君に代ってやるのです。それからもう一つ、わが国の現実の明るい面を見せるようにしなければならん。何か模範的な事柄をとりあげてだね、たとえば私の仕事している役所とか、でなければ、この私とか……

イヴァン　そうです、そうです、そうです！　この方の役所へ行ってごらんなさい。指令は遂行されている、回状はまわっている、合理化は快調だし、書類はもう何年間もきちんと整えられたままです。請願、投書のたぐいにはコンヴェヤーがある。これこそ社会主義的一郭ですな。実に興味ぶかい！

演出家　しかし、同志、ぜひとも許可していただきたいのは……

ポベド　許可しません!!　私にはその権利がないからね。よくもこんなことが許可されたもんだ、私は不思議に思います！　これは西欧諸国にたいするわが国の恥辱ですよ。（メザリヤンソヴァに）今の言葉は通訳しないでおいて下さい。

メザリヤンソヴァ　ええ、訳しませんとも、オーライ！　宴会でイクラをたべてきて、今ぐっすり眠ってますわ。

ポベド　それに、諸君がかの人物に対立させるのは誰かね。あの発明家か？　いったい何を発明したのです。ウェスチング・ハウス型のブレーキかね。万年筆を考案したのかね。モーターなしの電車かね。合理化を役所したのかね。

演出家　は？

ポベド　いや、つまり役所を合理化したのかね。しないだろう！　それなら、あんな男はなんになる。夢想家はわれわれには不必要です！　社会主義とはすなわち計算にほかならない！

イヴァン　そうです、そうです。あなたは会計課へ行ってみたことがありますか。小生は会計課へ行ったことがあります。どこもかしこも数字ばかりで、大きい数字や小さい数字、それがお終いにはみな釣り合うんですな。計算！　実に興味ぶかい！

演出家　同志、どうか私たちの芝居をわるくお取りにならないで下さい。私たちにも誤謬はあるかもしれませんが、私たちの劇場を闘争と建設に奉仕させたい気持でいっぱいなのです。芝居をごらんになれば、たちまちもりもり働ける、もりもり興奮する、もりもり不正を摘発できる、といった具合にですね。

ポベド 全労働者農民の名において頼みます、どうか興奮させないでいただきたい。あなたは目ざまし時計か何かのつもりでいるのじゃないかな。諸君の仕事は耳や目を楽しませることです、興奮させることじゃない。

メザリ そうよ、そうよ、楽しませることよ……

ポベド われわれは国家的・社会的活動を終えたのちに休息したいのです。戻るべし、古典作家《クラシック》へ！　呪われたる過去の偉大な天才たちに学ぶことですな。これは何度も繰り返して言ったことですが、おぼえておられるかな、詩人はこう歌っている、

さまざまな会議ありてのち
われらには喜びも悲しみもなし、
われらには未来の欲望もなし、
われらに、タラン、タラン、憐れみもなし……

メザリ ええ、もちろん、芸術は生活を、美しい生活や、美しい生きた人間を反映していなければなりませんわ。美しい風景をバックに、美しい元気な人たちを、つまりブルジョア社会の堕落を描いていただきたいものね。アジテーションに必要なら、フランスも結構よ。でなければ、腐敗しきっ

た西ヨーロッパで、古い世相とのたたかいが、いかに新鮮であるかということをね。たとえば、パリでは婦人政治部の代りにフォクストロットがあるとか、老朽した世界、いわゆるボー・モンドが、どんな新しい型のスカートをはいているかとか、そんなことを舞台で見せていただくのよ。おわかりかしら？

イヴァン　そうです、そうです！　われわれに美を与えて下さい！　ボリショイ劇場では常に美を与えてくれます。あなたは「赤いケシ」のバレエをごらんになりましたか。小生は「赤いケシ」を見ました。実に興味ぶかい！　どこもかしこも花ばかりで、跳ねたり、歌ったり、踊ったりするのが、これがさまざまな妖精《エルフ》たちと……シフィリードでしてな。

演出家　シルフィード、ですか？

イヴァン　そう、そう、そうです！　まことにその通り、シルフィードです。ひとつ大大的な運動を展開しなきゃなりません。そうです、そうです、さまざまな妖精《エルフ》たちゃ……ツヴェルフたちが舞っていました。実に興味ぶかい！

演出家　失礼ですが、妖精《エルフ》はもう沢山出ましたから、それ以上ふやすことは五カ年計画にも予定されていないようです。それに、戯曲の進行上、妖精《エルフ》じゃあどうも適当でありません。しかし、休息につきましては、もちろん、みなさんのお気持もよくわかりますので、幕間にしかるべきアトラクションを入れることにいたしましょう。元気のよい、華やかなものですね。たとえば、この同志ポベドノーシコフという人間ですが、これに二つ三つ指図をしますと、途端に抱腹絶倒という役柄になります。同志ポベドノーシコフ、両手で品物を三つ四つお取りになって下さい。何でも結構です。万年筆と、印鑑と、紙一枚と、ボーナス袋と、その四つを使って曲芸の練習をいたしましょう。万年筆を放ってください、紙を摑《つか》んで、それから印鑑を置いて、ボーナス袋を手に取って、万年筆を摑んで、紙を取って、印鑑を置いて、ボーナス袋をつかまえて——そうです。一、二、三、四。一、二、三、四。官・僚・頓・馬。官・僚・頓・馬。おわかりですか？

ポベド　（夢中になって）おもしろい！　こりゃ愉快だ！　デカダンスの影もない、健康的だ。こりゃ楽しめる。

メザリ　ウィ、セ・トレ・ペタゴジック。

ポベド　この軽快な体の動きは、出世を夢みる若い人にとって、実に教訓的だねえ。誰にでもできるし、これならば子供に見せても差し支えない。ここだけの話だが、われわれはまだ若い階級で、労働者てのは大きな子供も同然さ。まだガサガサしていて、こういう滑らかなうるおいがない……

演出家　さて、それがお気に召しましたら、ファンタジーの地平線はほとんど無限にひろがって参ります。この劇場に所属する俳優全員を使いまして、すばらしいシンボリックな情景《シーン》をお見せしましょう。（手を拍って）体があいている男優さん、みんな舞台へ出て下さい！　片膝をついて、しいたげられたかたちで背中を丸めて下さい。ツルハシを持っているつもりで、架空の石炭を掘って下さい。顔、もっと陰気な表情で……悪らつな勢力が諸君を圧迫しているのです。結構！　始め！……それから、諸君は「資本」です。ここに並んで下さい、資本のみなさん……支配階級のつもりで、労働者の頭上で踊って下さい。架空の婦人を抱いて、架空のシャンパンを飲んで。始め！　結構！　そのままつづけて！　体があいている女優さん、舞台へ出て下さい！

あなた方は「自由」を演じて下さい。あなた方は「平等」を——つまり誰が何をやってもかまわないということです。それから、あなた方は「友愛」を——これにはうってつけですね。準備はできましたか。始め！　架空の呼びかけでもって架空の大衆を奮起させて下さい。熱をこめて、もっとしっかり！

架空の蜂起を真似て、足をもっと高くあげるんです。「資本」は、もっとしっかり踊って下さい。どうして手をやたらにふりまわすのです。帝国主義のアンテナをのばして……アンテナがないって？　諸君も役者のはしくれでしょう。何でもいいから、好きなものをのばして下さい。架空の富でもって、踊るご婦人方を誘惑して下さい、ご婦人方はそれを拒むんです、左手を強く振って。そう、そう、そう！　架空の労働者大衆、シンボリックに蜂起して下さい！　資本はエレガントに倒れて！　結構！

資本は効果的に息をひきとって！

芸術的にケイレンして下さい！

非常に結構！

男優さんたち、架空の鉄鎖を引きちぎって、太陽のシンボルめがけて駆け上って下さい。勝利のしるしに両手を振って。自由と平等と友愛は、労働者の軍勢の断固たる足どりを真似て下さい。いわゆる労働者の足で、いわゆる打倒されたいわゆる資本を踏みつけて。

自由も平等も友愛も、嬉しそうに微笑を浮かべて下さい。男優さんたち、「無たりし者」のつもりになって、それから「すべてになる」と演技して下さい。お互いの肩によって、社会主義的競走の増大を見せて下さい。


結構！

次には、たくましい体で塔を築いて下さい。コミュニズムのシンボルを体操で表現するのです。

あいている手で架空のハンマーをふりまわして下さい。自由な祖国のリズムに合せて、闘争の情熱を表現するのです。オーケストラは工場のとどろきを加えて。

そうです！　結構！

女優さんたち、全員舞台へ出て下さい！

全世界の偉大な労働者の軍隊を、架空の花環で飾って下さい。花咲く社会主義のシンボルを作るのです。結構！　ここまでです！　お疲れさま！　最後に休息のパントマイムです、次のメロディに合せて——

《労働と資本は

役者の栄養》

ポベド　ブラボー！　すばらしい！　諸君はこれだけの才能をおもちなのに、どうしてあんなくだらない新聞記事みたような芝居なんぞやっとったのかね。今のこそ真の芸術です。非常にわかりやすい。私にも、イヴァン・イヴァノヴィチにも、大衆にもよくわかる芸術です。

イヴァン　そうです、そうです、実に興味ぶかい！　お宅に電話はありますか。私が今すぐ……誰かに電話しましょう。実に感激的だ。勇気が湧いてきます！　同志モメンタリニコフ、ひとつ大々的な運動を展開しなきゃなりません。

モメンタ　閣下、お言いつけを！

われわれの食欲はわずかなもの。
ちらりと舞台を見せて下さりゃあ、
口をきわめてほめそやしましょう。

ポベド　非常に結構でした！　完璧です！　ただ「自己批判」を入れなきゃいかん。自己批判をシンボルとして入れれば、これは非常に時代とマッチします。どこか舞台の隅のあたりに小机を置いてですね、ほかの踊りが進行しているあいだ中、そこで自己批判書を書かせればいい。いや、ご苦労でした、これでおいとましよう。今のすばらしい舞台の印象を、くだらない芝居で汚したくないからね。同志諸君に挨拶を送る！

イヴァン　同志諸君に挨拶を送る！　ところで、左から三番目の、あの女優さんの名前を教えてくれませんか。実に美しく愛らしい……才能ですな……ひとつ大々的な運動を展開しなきゃなりません。場合によっては小規模の運動でもよろしい。たとえば小生と彼女だけの。すぐに電話をかけましょう。さもなくば彼女から電話をもらいたい。

モメンタ 閣下、お言いつけを！
自然のはじらいはわずかなもの。
アドレスさえ教えて下さりゃあ、
たちまちうちに電話しましょう。

二人の桟敷係が、最前列に割りこもうとするヴェロシペートキンを引きとめる。

桟敷係 市民、もし、市民、さっきから丁寧にお願いしてるんですよ、ここから出てって下さい！ どこへ割りこむんです。

ヴェロ 最前列へ行くのさ……

桟敷係 無料《ただ》のお菓子が欲しいのとちがいますか？ 丁寧にお願いしてるんですよ、市民、もし、市民？ あなたの切符は労働者の席でしょう、どうして名士の席へいらっしゃるんです。

ヴェロ 最前列へ行くのさ、同志ポベドノーシコフに事務的な用事があってね。

桟敷係 市民、もし、市民、劇場は娯楽のために来るところで、事務的な用事のために来る場所じゃありません。丁寧にお願いしてるんですよ、さっさと出てって下さい！

ヴェロ 娯楽なんて、あさっての仕事だ、おれは今日の用事で行くのさ。必要とありゃあ、最前列だけじゃない、桟敷でも何でも吹っとばしてやるぜ。

桟敷係　市民、丁寧にお願いしてるんですよ、即刻出てって下さい！　携帯品預り所の金は払ってない、プログラムは買ってない、しかも切符なしじゃあ困ります！

ヴェロ　いや、おれは芝居を見に来たんじゃないんだ。事務的な用事だってば。なんなら党員証を見せようか……あ、同志ポベドノーシコフ、あんたに急用なんだ！

ポベド　どうしてそんな大声を出すのかね。それに誰のことだね、そのポベドノーシコフとやらは?!

ヴェロ　冗談はよしてくれ、芝居をしている場合じゃないんだぜ。あんたがその男じゃないか。あんた、つまり調和管理局長官ポベドノーシコフに用があって来たんだ。

ポベド　きみ、責任ある地位にある上司に向うときは、名前と父称ぐらいは、すくなくとも姓名ぐらいは調べておくべきですぞ。

ヴェロ　責任ある地位にあるんなら返答してくれ、チュダコフの発明があんたの役所でストップしてるのは、なぜなんだ。今は一分一秒を争う場合なんだぜ。とりかえしのつかないことが起ったらどうする。すぐに予算を都合してもらって、なるべく高い場所で実験をおこない……

ポベド　何のウワゴトですそれは？　チュダコフとは何者です。高い場所とは何のことです。今日私はコーカサスの山へ保養に出掛けるところだが。

ヴェロ　チュダコフは発明家で……

ポベド　発明家は大勢いるが、私は一人です。

それに、法的に規定された休息の時間に、金曜日
うるさい話はやめていただきたい。
においでなさい。

演出家がヴェロシペートキンにむかって、手を激しく振ってみせる。

ヴェロ あんたんとこには金曜じゃない、今日来るんだぜ。おれが来るんじゃなくて……

……

ポベド どなたがいらっしゃるにしろ、私の代理人と逢っていただくよりほかに仕方がありませんな。私の休暇のことは官報に載っています、つまり私はいないのです。わが国の憲法の仕組みを理解していただきたい。スキャンダルは困る！

ヴェロ （イヴァン・イヴァノヴィチに）ねえ、話をつけて下さいよ。電話をかけてくれる約束だったじゃありませんか？

イヴァン 休暇中の名士に事務的な面会を強要する！ 実に興味ぶかい！ お宅に電話はありますか。小生から同志ニコライに電話をかけておきましょう。年取った名士の健康は守らなきゃなりません、まだ若々しいうちにね。

演出家 同志ヴェロシペートキン、お願いだからスキャンダルを起さないで下さい！ この方は芝居の人物とはちがうんですよ。ただ似てらっしゃるだけです。お願いだから、お客さんを騒がせないで下さい。あなただってきっと満足しますよ、芝居を最後までごらんになれば。

ポベド　私は帰りますよ！　何のこたあない、革命的な芝居だと称するだけで、人をいらいらさせる……諸君の言葉でいえば興奮させるだけじゃないかね、まじめな勤労者を。これは大衆むきじゃない。労働者や農民にこんな芝居はわかりません。またわからなくて幸いだ、こんなことをわざわざ説明する必要はすこしもない。諸君はなぜ私たちに似せた登場人物を出すんですね。私たちは登場なんぞしたくない――何といったか――そう、観客になりたいだけです。そうですよ！　私はこの次の機会にはほかの小屋へ行きます！

イヴァン　そうです、そうです、そうです！「桜の面積を求む」をごらんになりましたか。小生は「トゥルビン家の叔父」を見ました。実に興味ぶかい。

演出家（ヴェロシペートキンに）何ということをしてくれたんです。危うく芝居がめちゃめちゃになるところだ。早く舞台へ上って下さい！　芝居をつづけます！

第四幕

舞台はもつれ合った階段。階段には曲り角があり、踊り場があり、部屋のドアがある。ポベドノーシコフが外出の服装で、スーツケースを下げて、いちばん上の踊り場に出てくる。部屋のドアを肩で閉めようとするが、ポーリャがそれを押しあけて、踊り場へ出てくる。彼女はスーツケースを摑む。

ポーリャ　じゃあ、私はほんとに連れてってもらえないのね？……おかしくもなんともありゃしない！

ポベド　頼むからその話はやめてくれ給え。なんというプチブル的精神だろう！　どんな医者でも言ってることなのだよ。徹底的に休息をとるためには自分を、いいかね、お前をじゃなくて私を、毎日の環境から引き出さなければいかん、とね。それだけじゃない、私は国家にとって重要な機関を再建し、山岳地帯のそれを強化する仕事もあって、今から行くところなのだ。

ポーリャ　そんなことおっしゃったって、知ってるわよ、私見たんだもの、切符を二枚持ってきたじゃない。私どうして気がつかなかったんだろう……ねえ、私のどんなところが、どんなところがあなたの邪魔になってるの。おかしいわ！

ポベド　休暇というものを、そういうふうに小市民的に考えるのはよしなさい。私はボート遊びなんぞしている閑《ひま》はないんだよ。そういう下らん遊びは秘書風情のやることだ。泳げ、わがゴンドラ！　か。私にはゴンドラどころか、国家の汽船です。日光浴さえできやせんのだ。常に現在の瞬間について思いめぐらさにゃならんからね。おまけに……講演あり、報告あり、決議ありで、これが社会主義というものさ。私の社会的地位からして、速記者の一人も連れて行くのは当然でしょうが。

ポーリャ　私がいつあなたの速記の邪魔になりました？　おかしいわ！　ええ結構よ、

いくらでも聖人君子のふりをなされればいいわ、他人の前ではね。でもどうして私に嘘をつくの。おかしくもなんともありゃしない。なぜ私に隠しごとをなさるの。神様に誓ってホントのことなら、一晩中でも口述なさって私は平気よ！　おかしいったらありゃしない！

ポベド　しいっ！　そういう非組織的な、あまつさえ宗教的な言葉で、私に恥をかかせる気なのか。「神様に誓って」だなんぞと。しいっ！　階下《した》はコズリャコフスキーの住居だからね。彼が同志パーヴェルあたりに喋ったら、どうする。同志パーヴェルは同志セミョンの親戚なんだぞ。

ポーリヤ　何を隠すことがあるの。おかしいったらありゃしない！

ポベド　私ではない、お前に隠すことがあるのだよ、そういう女特有の小市民的・デカダン的な気分をな。それこそ不釣合な結婚の原因なんだ。よく考えてみなさい、お前、はずかしくありませんか。よく考えてみなさい！　私とお前！　現在はだね、共に手をたずさえて敵を攻撃し、一つオーバーにくるまって寝ていればいいという時代じゃないのだよ。私は文化の面で、仕事の面で、住宅の面で、大いに昇進し出世したのだ。お前も自分を人間改造してだな、弁証法的に回り路《みち》することを学ばねばいかん。ところが、お前の顔に見えるものは何だ。過去の残りかす、古い世相の枷《かせ》ではないか！

ポーリヤ　私あなたの邪魔になってるの？　どんな点で？　おかしいわ！　あなたじゃ

ありませんか、私をこんなみじめなヌカミソ女房にしてしまったのは。

ポベド　しいっ！　もう沢山です、ヤキモチは！　お前こそ見ず知らずの人の家へ出入りしてるじゃないかね。若いコムソモールとよろしくやってるのだろう、え？　私が知らないと思ってるのかい。色男を見つけるのさえ、私の社会的地位にふさわしい奴をえらべないのだな。じだらく女！

ポーリヤ　やめて！　おかしくもなんともありゃしない！

ポベド　しいっ！　階下《した》はコズリャコフスキーの住居だというのに。家《うち》に入ろう。こういうことには、いい加減けりをつけなきゃいかん！

乱暴にドアをあけ、ポーリャを中へひきずりこむ。下の階段にヴェロシペートキンがあらわれる。それにつづいて、目に見えぬ器械を背負ったチュダコフ。ドヴォイキンとトロイキンが器械を支えている。

ヴェロ　がんばれ、みんな！　あと二十段ぐらいだ。音を立てるな。あの野郎がまた秘書や書類のかげに隠れちまうといけないから。この「時間の爆弾」を、あの野郎の足もとで爆発させるんだ。

チュダ　心配だな、間に合うかね。十分の一秒の誤算が、ぼくらの時間の一時間ぐらいに相当するんだからね。

ドヴォイキン　なんだか、手のさわってる所があったかくなってきたぜ。ガラスが溶けてるんだ。

トロイキン　こちとら鉄板がすげえ熱さだ。まるで天火だよ！　まるっきり天火だ！　支えてるのがやっとだい。

チュダ　器械は毎秒重くなるんです。中で第三者の肉体が物質化し始めた証拠だ。

ドヴォイキン　同志チュダコフ、もっと早く歩いてくれ！　もう我慢できないよ。火を運んでるようだ！

ヴェロ（駆け寄って、器械を支え、途端に火傷する）がんばれ、へばるな。あと十段か十五段さ。あの野郎は今確かに階上《うえ》にいるんだ。ちきしょう、なんて熱いんだろ！（火傷した手をひっこめる）

チュダ　これ以上は運べないよ。あと数秒しか残っていない。早く早く！　せめて踊り場まででも！　ここに下ろしちゃえ！

ポベドノーシコフが走り出てきて、ドアをピシャリと閉め、それからそのドアをノックする。ドアはほそめにひらき、ポーリャがあらわれる。

ポベド　おい、お前、興奮せんでくれな……いいかい、ポーレチカ、私らの生活を、私の生活を支えるものは、お前の善意しかないのだからな、それをわかってくれ。

ポーリャ　私の善意？　わかってくれ、ですって？　おかしくもなんともありゃしない！

ポベド　それはそうと、ブローニングをしまうのを忘れてたよ。あれは私には要らないから、とっときなさい。いいかね、弾丸《たま》は入っているから、使うときは安全装置をはずすだけでいいんだよ。じゃあ、これでお別れだ、ポーレチカ！

ドアをピシャリと閉め、鍵穴に耳をあてがって、耳をすます。下の階段にメザリヤンソヴァがあらわれる。

メザリ　ポベドちゃん、もうすんだの？

ポベド　しいっ！

轟音、破裂音、銃声。ポベドノーシコフはドアをあけて、住居のなかへ跳びこむ。下の踊り場に花火。器械の据えられた場所に、光り輝く一人の女性が、光り輝く巻物を持って立っている。巻物には光る文字で「委任状」と書いてある。一同呆然。オプチミスチェンコがズボンのボタンを掛けながら、裸足に寝室用のスリッパをはき、武装して駆け出してくる。

オプチ　どこだ？　誰がやられた？

燐光の女　こんにちは、みなさん！　私は二〇三〇年の使節です。二十四時間だけこの時代へ入って参りました。期間はみじかく、問題は緊急です。委任状を調べて、ほかの方々に通知して下さい。

オプチ（あわてて女使節に近づき、委任状をのぞきこみ、早口に読む）《コミュニズム誕生史研究所……》なるほど……《全権を委任し……》よろしい……《優秀な人々を詮衡《せんこう》して……》わかった……《共産主義の世紀へ移住せしむること……》何ということだろ

う！　ああ、なんてことだろう！……（階段を駆け上る）

ぷりぷりしたポベドノーシコフが閾にあらわれる。

オプチ　同志ポベドノーシコフ、中央から来た使節の方がご面会です。

ポベドノーシコフは帽子をぬぎ、スーツケースを下に置き、ぼんやり委任状に目を走らせてから、あわただしく、自宅へ入るよう手招きする。

ポベド（オプチミスチェンコにささやき声で）大至急、電話をかけてくれ。問い合せるんだ、相手はわかってるだろう。こういうことがあり得るかどうか、こういう超自然的な現象を信じることが党倫理に反しないか、無神論者にふさわしいことかどうか、とな。（燐光の女に）私はもちろんこの仕事を充分承知しておりましたので、万全の措置を講じておきました。あなたが派遣されて来られたことは、あなたの管轄官庁の全く妥当な決定であると思います。この問題は私たちの委員会で検討中でして、その結果が判明次第すぐ連絡してもらうことになっております。そのあいだ私の部屋へどうぞお入り下さい。プチブル的な女が一人おりますが、これは現在の結婚の文化水準が低い結果でして。（ヴェロシペートキンに）どうぞ！　さっきから申し上げてるじゃないですか、どうぞご遠慮なくお入り下さい！

ポベドノーシコフは、だんだん冷却して普通の姿になってゆく燐光の女を自分の住居に入れる。

ポベド（駆けつけたオプチミスチェンコに）どうだ、どうだった？

オプチ　みんな笑っています。そんなことは人間の理解力の境をこえていると言って。

ポベド　境をこえている！　じゃ対外文化連絡協会に連絡しなきゃいかん。こまかいディテイルも省略せずにな。絶対にこちらの主観をまじえないように。同志メザリヤンソヴァ、口述筆記はあとでします。階上《うえ》へ上ってください、時間外の緊急文化対策会議です。

第五幕

第二幕の装置、ただ散らかっている。看板、《共産主義世紀移住者詮衡事務所》。応接室には、メザリヤンソヴァ、ベリヴェドンスキー、イヴァン・イヴァノヴィチ、ポント・キッチ、ポベドノーシコフが坐っている。オプチミスチェンコが受付をやっている。ポベドノーシコフは不満そうな顔つきで、両手に二つの靴をかかえて行ったり来たりする。

オプチ　何のご用ですか、市民。

ポベド　ええい、こんなことをつづけていられるものか。私はただじゃおきませんぞ。このことは壁新聞に書いてやる。きっと書いてやる！　官僚主義や縁故主義とはたたかわなきゃならん。私は要求します、順番外にしなさい、私を！
オプチ　同志ポベドノーシコフ、資格検査と詮衡《せんこう》に、官僚主義なんて変じゃありませんか。あの女《ひと》を怒らしちゃ損ですよ。どうぞ列の外でお待ち下さい。列が全部すめば、自然と順番外になります。
ポベド　私は今すぐ入りたいのだ！
オプチ　今すぐ？　結構でしょう、今すぐでも！　ただ、あなたの時計はあの人たちの時計と一致していないんですからね。あの女《ひと》の時間はわれわれとちがう時間なんです。ですから、あの女の指図があり次第、すぐお入り下さい……
ポベド　いや私はだね、移住の一件でいろいろ事務的な用事があるのだ。給料のこととか、住宅のこととか、いろいろな。
オプチ　呆れたな！　さっきから申し上げている通り、そういう下らん問題を大きな国家機関へ持ちこまないで下さい。ここでは下らん問題は扱いません。国はもっと大きなことに興味をもっています。テイラー・システムとか、時間の器械とか、そういった……
イヴァン　あなたは列をつくったことがおありですか。小生は行列に立つのは今初めてです。実に興味ぶかくない！

かつてのポベドノーシコフの事務室は満員である。まるで十月革命最初の何日かのように、みな興奮し、きおい立っている。燐光の女が喋っている。

燐光の女　みなさん、今日の会合はあまり時間がありません。しかし大勢のみなさんとこれから数年間お付合いできるのです。私たちのよろこびについて、詳しいことはあとでゆっくりお話ししましょう。あなた方の実験のことが知れるとすぐに、私たちの学者は当直に立ったのでした。そしてあなた方の避けられぬ誤算を正して、多くの点であなた方を援助いたしました。私たちとあなた方は、ちょうどトンネルを両側から掘る二組の労働者のように、お互いに近づきつづけ、今日ようやく逢うことができたのです。あなた方はご自分たちの仕事の規模の大きさを、まだはっきり意識しておられないようですね。私たちはよく知っています。新しい生活の様子をよく知っています。私たちのところではとうに失《な》くなり、博物館が苦心して集めているような小さな家々を見て、私はびっくりいたしましたが、それと同時に、私たちの感謝にあふれた記憶、それらの実験のおかげで現在の私たちのところに共産主義の建設と生活がそびえ立っている——つまり鋼鉄と土地の大建築《ギガント》をも目撃いたしました。それから、あなた方が気がつかない脂ぶとりの若者たちの姿を、とっくりと見物しました。かれらの名前は無効になった金《きん》の板の上に燃えています。あなた方の意志の力と、あなた方の嵐のとどろきを、今日初めて目撃した私は、それらがおどろくほどのスピードで私たちの幸せになり、全地球のよろこびとなった理由が、はっきり摑《つか》めたのでした。あなた方のたたかい——全世界の武装した寄生虫や奴隷商人たちとのたたかいを語る伝説の文字を、今日の私はどんなに嬉しく読んだことでしょう。あなた方はあまり仕事が忙しいので、一歩後に下ってあなた方ご自身に見惚れるひまはおありにはならないようですが、私は心の底からあなた方の偉大さを語りたいのです。

チュダコフ　同志、話の腰を折ってすみません。しかし、われわれの時間はあと六時間しか残っていないので、あなたの最終指令を出して欲しいんですよ。出発できるのは何人ですか。目標の年は何年《なんねん》ですか。スピードは？

燐光の女　方向は無限大。スピードは秒速一年。目標は二〇三〇年。人数と具体的な人選はこれからです。でも着駅は決っていません。ここでは物の価値が明瞭ではありません。未来から眺めれば、過去は掌《たなごころ》を指すようです。詮衡《せんこう》の基準は、百年経っても生き残る人。始めて下さい、チュダコフさん。あなたと一緒に出発する方は？

フォスキン　おれだ！

ドヴォイキン　おれだ！

トロイキン　おれだ！

燐光の女　数学者はいますか——図面を引き、操縦をなさる方は？

フォスキン　おれたちだ！

ドヴォイキン　おれたちだ！

トロイキン　おれたちだ！

燐光の女　なんですって？　あなた方は労働者であり、数学者であるのですか。

ヴェロシペートキン　当り前さ！　おれたちは労働者であり、同時に学生なんだ。

燐光の女　それは私たちには当り前のことですが、あなた方にとってコンヴェヤーから役所へ、ヤスリから数学へ移ることが、当り前なのかどうか、私にはわからなかったのです。

ドヴォイキン　移ったんじゃないんさ、同志。おいらたちはね、軍艦を作ってから、次にャライターを作り、ライターを終れば銃剣を作り、銃剣がすめば次はトラクター、そのあいだずっと大学でいろんな勉強さ。おいらたちの国でさえ、大抵の奴は本気にしなかったが、そういう労働者階級を信用しない心を、きれいさっぱり掃いて捨てたのはおいらたちなんだ。あんた方、おいらたちの時代を研究したとき、ちっとばかり間違いをやったってわけだな。きっと、あんた方が考えてたのは、去年あたりのことじゃないのかね。

燐光の女　ほんとうに、あなた方ほどの弾力性に富んだスピードの早い脳髄のもちぬしなら、今すぐにでも私たちの戦列に、私たちの仕事につけます。

ヴェロ　それが心配なんだよ、同志。おれたちは時間の器械を動かすつもりだし、細胞で決定すれば、もちろん行くつもりだ。しかし、今のところはどこへも連れてって欲しくないんだがな。おれたちの工場は今二十四時間休みなしに動いているのさ。おれたちは五カ年計画を四年で完成できるものかどうか、そいつを知りたくて仕方がねえんだ。

燐光の女　一つだけはお約束できます。私たちは一九三四年の停車場でストップして、問い合せてみましょう。でも、あなた方のような人たちが大勢いるのなら、問い合せる必要はないと思いますけれど。

チュダ　さあ行こう、みんな！

応接室。図面を引き合せながら、チュダコフ、ヴェロシペートキン、ドヴォイキン、トロイキン、フォスキンが急ぎ足で通りすぎる。ポベドノーシコフはチュダコフを引きとめようとする。チュダコフは振り払う。

ポベド（憤慨して）ちえっ、へんてこな時間の器械を発明して、私より先にあの女と知り合ったという、ただそれだけのことで、チュダコフとかいう男の、あの態度は何だ。奴らにデカダン的な関係、あるいは汚職がないかどうか、誰にもわからんじゃないか。性《セックス》と性格！　そうだ！　それにちがいない！（オプチミスチェンコに）私の配下の同志オプチミスチェンコ、きみはわかってくれなきゃいかんよ、問題は私すなわち役所の上司が百年に一度の重大な用事で出張するという重要問題ではありませんか。

オプチ　でも、あなたの旅行は不許可ですってば！

ポベド　不許可？　不許可とはどういうことかね。私は今朝から割引証明書も委任状も入手しとるんだよ。

オプチ　外務人民委員部に連絡していないでしょう。

ポベド　外務人民委員部？　なんでそんなとこへ連絡する必要がある。わからん人だな。これは普通の汽車じゃないんだよ。たった一秒間で人間四十八人あるいは馬八頭が一年間だけ前進する乗物なのだ。

オプチ　おことわりです！　それは現実的ではありません！　数秒間で百年も二百年もの出張なんて、どこの誰が許可するものですか。

ポベドノーシコフの事務室。

燐光の女　ですから、みなさん……

ポーリャ　発言を求めます！　しつっこいようですみませんけれど、私には希望ってものがどんなものだか、さっぱりわからないのよ。おかしいわ！　私はただ社会主義ってどんなものだか、うかがいたいだけです。社会主義のことは、同志ポベドノーシコフが私にいろいろ話してくれましたけど、それはおかしくもなんともありゃしないんです。

燐光の女　それはすぐわかりますよ。あなたはあなたの配偶者とお子さんと一緒にいらっしゃればいいのです。

ポーリャ　子供？　おかしいわ、私に子供はいないのよ。こういう戦いの時代にそんな非意識的な要素《エレメント》だか養育費《アリメント》だかと、かかわりを持たないほうがいいって、これはうちの人の言い草。

燐光の女　そうですか。あなたは子供にしばられていないとしても、現在の配偶者と一緒に暮している以上、ほかのいろいろなことにしばられているでしょう。

ポーリヤ　暮している？　おかしいわ！　私はうちの人と暮してなんかいるもんですか。うちの人はもっと大勢の人と暮しているのよ、私よりあたまのいい、教育のある人たちとね。おかしくもなんともありゃしない！

燐光の女　それならば、あなたはなぜその人を夫と呼んでいるのですか。

ポーリヤ　私を妻にしておけば、あの人がデカダンに反対であるっていう顔が立つからでしょう。おかしいわ！

燐光の女　わかりました。すると、その人はあなたの身の回りの世話をしてくれるだけなのですね。

ポーリヤ　ええ……身の回りに何もないようにしてくれるわ。私に新しい服を買ったりすると、友だちの手前、面子《めんつ》が立たないんですって。おかしいわ！

燐光の女　おかしくもなんともありません！

応接室。ポーリヤが通りぬけようとする。

ポベド　ポーリヤ？　お前どうしてこんな所へ来たんだ。訴え出たんだな。私のわるくちを言ったな。

ポーリヤ　わるくち？　おかしいわ！

ポベド　お前、ちゃんと話してくれたんだろうな。私らが肩に肩を組み、コミュニズムの太陽めざして進軍したとな？　古い世相とたたかったとな？　女はセンチメンタリズムが好きなものだ。あの女きっと喜んだだろう？　え？

ポーリャ　肩に肩を組み？　おかしいわ！

ポベドノーシコフ　気をつけろ、ポーリャ！　お前まさか党生活数十年の私の名誉を汚したりせんかったろうな。お前まさか党倫理を犯して、他人に汚れた下着をさらけ出すような真似はしなかっただろうな。下着といえば、お前は家に帰って、荷物をまとめていなさい。私は一足先に一人で出発するから。お前とお前の実家には向うから手紙を書きます。早く家へ帰りなさい、ポーリャ、さもないと……

ポーリャ　さもないと何？　おかしくもなんともありゃしない！

ポベドノーシコフの事務室。

燐光の女　あなた方の役所をえらんだのは全くの偶然でした。でも発明のほうも偶然だったのではありませんか。きっと人間のいちばん立派な模範は、ドヴォイキンさんやトロイキンさんの働いておられる工場で見つかるでしょう。けれども、ここでも、ほとんど一足ごとに建設現場にぶつかりますから、ここの人たちも多分お連れできるでしょうね。

アンダートン　あの、私も連れてっていただけますか。

燐光の女　あなたはどこで働いていらっしゃるの。
アンダートン　今はどこにも勤めていません。
燐光の女　それはどうして？
アンダートン　クビになったんです。
燐光の女　それはどういう意味でしょう。
アンダートン　口紅を塗ったのがいけなかったんです。
燐光の女　誰に口紅を？
アンダートン　自分に。
燐光の女　ただそれだけのことをしていたの？
アンダートン　ほかにはタイプを叩きました。速記もしました。
燐光の女　お上手だった？
アンダートン　ええ。
燐光の女　なのにどうして今は勤めていらっしゃらないの。
アンダートン　クビになったんです。
燐光の女　どうして？
アンダートン　口紅を塗ったからです。
燐光の女　誰に？
アンダートン　もちろん自分に！
燐光の女　それが上役の人と何の関係があるのですか。
アンダートン　でもクビになりました。
燐光の女　なぜ。
アンダートン　口紅を塗ったからなんです！
燐光の女　どうして口紅を塗ったのですか。
アンダートン　口紅を塗らなければ初めから採用してもらえないわ。
燐光の女　わけがわかりませんね。もしもあなたが誰かほかの人に、たとえば仕事のことで問い合せに来た人のくちびるに口紅を塗ったのなら、それはもちろん仕事の邪魔になりますし、塗られた人は腹を立てるでしょう。でもあなたはただ……

アンダートン すみません、ゆるして下さい、口紅のことは。でも私、仕方がなかったんですもの。私、非合法運動をしたことなんかないし、鼻はソバカスだらけだし、口紅でも塗らなきゃ誰も目をとめてくれなかったんです。あなたの国では、そんなことをしなくても人が認めてくれるんなら――ねえ、見せて下さい、あなたの国を、ほんのちょっぴりでもいいわ！　でも、あなたの国にも、えらい人はいるんでしょうね……ポベドノーシコフみたいな、えらい人たちがいるのね。そういう人の目にはとまらないように隠れてますから、連れてって下さい……もしどうしても駄目なら、行ってすぐ帰ってくるのでもいいわ……お願いですから連れてって。途中でいくらでも仕事をしますから。印象を喋って下されば速記しますし、会計簿をタイプするのだってやりますから。

ノーチキン 私は会計の方は引き受けた。いっそのこと、あんたの国の裁判所に自分を訴えとこうかな。でないと、ここの裁判は信用がならねえからな……

応接室。

ポベド 書いといてくれ、記録しておいてくれ給え！　かかる事態に立ち至った以上、私はみずからの責任を一切解除せざるをえないのである。かれらが過去の前例に暗く、かつ乗務員の選択をあやまったことの結果として、たとえいかなる悲惨事が生じようとも……

オプチ　ああ、やめて下さい……国家の役所を脅迫するのはやめて下さい。ここで冷静を欠くのはいちばんいけないことです。悲惨事が起ったら民警に知らせるだけのことです。それこそ記録しておいてもらいますよ。

アンダートンの蔭にかくれて、ノーチキンが通りすぎようとする。

ポベド（ノーチキンを引きとめ、アンダートンをにらみつけながら）なんだ？　まだ役所に出入りしているのかね?!　まだ牢屋に入らなかったのかね?!　同志オプチミスチェンコ！　なぜしかるべき措置をとらないのです。しかし、きみらが自由の身なら、ひとつ急ぎの仕事をやってくれないか。ことわる権利は、きみらにない筈だからな。私の出張にふさわしい手当と給料を請求して欲しいのだよ。計算の基準は、われわれの正常な時間で百年がとこだ。それに特別手当のようなものも、ぜひ……器械が故障をおこして、どこかの片田舎で二、三十年停車せんとも限らんから、そこのところは考慮に入れねばなるまい。こういう組織的でないやり方で旅行すると……

ノーチキン　貴様はいくらでも組織的に旅行しやがれ、ソーセージ野郎！（姿を消す）

イヴァン　ソーセージ？　あなたは会議に出席したことがありますか。小生は会議に出席しました。どこもかしこもバタパンに、ハムに、ソーセージ——実に興味ぶかい！

ポベド（一人どっかりと椅子に腰をおろし）わかりました、よろしい、私は帰りましょう！　事ここに至っては、私は退職を願い出ましょう。後世の人々は同時代人の回想録と肖像画によって私を研究すればよろしい。私は身を引きましょう。しかし、きみら、きみらは今にひどい目にあいますぞ！

燐光の女が出てくる。

オプチ　今日の面接は終りました！　今のままの順番で、あした又おいで下さい。

燐光の女　面接？　あした？　順番？　それは何のことですか?!

オプチ（《無断立入禁止》の看板を指して）基本的原則に従ったまでのことですが。

燐光の女　あ、その妙なもの、はずすのを忘れたのですね！

ポベド（あわてて立ち上り、燐光の女のそばへ寄って）こんにちは、こんにちは、同志。遅れてすみませんでした、なにしろ忙しくて……しかし、なんとか都合をつけてやって参りました。ところが私を入れてくれないのです。誰も私の言うことに耳をかそうともしない。ただ旅行をしろ、議長をつとめろと言うだけで。もちろん、集団の要請とあらば、私は何でもする覚悟です。ただ考えてもごらんなさい、同志、私はいやしくも役所の上に立つ人間ですよ、コルホーズ仕事はほかの連中にやらせてもらいたい。そんなわけで、旅行の手当を計算していただきたいのですよ。支出の額は、同志オプチミスチェンコが電報で知らせてくれるでしょう。私が私の分野におけるもっとも強力な勤労者の一人として、その党歴と社会的地位にふさわしい仕事をしなきゃならんことは、あなたにもおわかりでしょうが。

燐光の女　私は誰の党歴や社会的地位を調べに来たのでもありません。私はただ確かめるためにここへ来たのです。あなたがあなたの功績にふさわしい取扱いを受けることは当然でしょう。

ポベド　おしのび、ってわけですね？　わかります、わかります！　しかし、私たちは互いに信頼し合った仲だ、ざっくばらんにいきましょうや。私はあなたより年をくってるから、亀の甲ってわけでご忠告しますがね、あなたのまわりにいる連中はどう見ても百点満点とは言えませんよ。ヴェロシペートキンはタバコを吸います。チュダコフは、あの夢男め、酒飲みです。あえて私の妻のことも申しますが、あれは組織というものをすこしも理解できない、小市民的な女です。妙に新しいもの好きで、そのくせ古い生活態度を捨てきれない。

燐光の女　でも、そのこととあなたはどんな関係があるのですか。あの人たちは、その代り、仕事を……

ポベド　なんですって、その代り何ですね。そりゃ私だってそういうことにあながち反対するわけじゃありません。しかし、私もその代り、酒を飲まないし、タバコを吸わないし、チップをやらないし、右側通行を守るし、定刻に遅れないし……（燐光の女の耳に口を寄せて）遊びはやらないし、役所の金に手を出さないし……

燐光の女　しないことばかりでなく、何かすることを挙げられますか。

ポベド　すること？　挙げられますとも！　私は方針を決定するし、決議をファイルするし、コネクションをつけるし、党費を払うし、給料をもらうし、署名をするし、ハンコを押します。理想的な社会主義的生活ですよ。あなたの国じゃ、なんですか、紙幣の流通はうまくいってますか。コンヴェヤーは？

燐光の女　あなたが何のことをおっしゃっているのか、よくわかりませんが、新聞の用紙のことでしたら、もちろん充分に割当てられていますわ。

ポント・キッチとメザリヤンソヴァ登場。

ポント・キッチ　えへん、えへん。

メザリヤンソヴァ　プリーズ、サー。

ポント・キッチ　アセーエフと河馬、借金できた。顔ぶんなぐれ。五月、値段さがった、時計一プード……

メザリ　ミスター・ポント・キッチがおっしゃるのは、時計が全く不必要になったのなら、全部適当な値で買い上げたいと言うのです。そうして下されば、共産主義を信じるそうです。

燐光の女　通訳しなくてもわかります。何よりもまず私たちの国を承認なさい、取引はそれからです！　みなさん！　遅れないようにおいで下さい。二〇三〇年行きの最初の「時間の列車」は、ちょうど十二時に発車いたします。

第六幕

チュダコフの地下室。目に見えぬ器械のまわりで、チュダコフ、フォスキン、ヴェロシペートキン、ドヴォイキンが仕事している。燐光の女は目に見えぬ器械を図面とくらべている。トロイキンはドアの番をしている。

燐光の女　同志フォスキン！　風よけを普通の方向に取りつけて下さい。五カ年計画のおかげであなた方はリズムとスピードには馴れていますから、移動はほとんど体に感じません。

フォスキン　ガラスをとりかえるぜ。厚さ半ミリだ。割れないガラスだ。

燐光の女　同志ドヴォイキン！　バネを点検して下さい。祝祭日のショックでも揺れないように、よく見ておいて下さい。三交代制のおかげで、休みなしの進行には馴れていますね。

ドヴォイキン　休みなしで行こうぜ。途中にウォッカさえなけりゃ万事うまくいくさ。

燐光の女　同志ヴェロシペートキン！　規律の気圧計を見張っていて下さい。逸脱する人は切り離して、置いて行きます。

ヴェロ　大丈夫！　綱はしっかり緊《し》めとくさ。

燐光の女　同志チュダコフ、用意はできましたか。

チュダ　出発点の測定を終れば、すぐに出掛けられます。

目に見えぬ器械の車輪のあいだから、白い紙テープがほどけて出てくる。

ヴェロ　トロイキン、入れてやれ！

乗客たちが《時間の行進》と書いたプラカードを持って、四方からどっと入ってくる。

時間の行進曲

舞い上れ、唄、　ぼくの唄、流れろ、
赤い部隊の
　進む上空を！
すす
　め、
　　時
　　　間！
時
間、
　すすめよ！
進め、国、
　ぼくの国、もっと早く、

古い
屑を
そぎ落せ！
すす
め、
時
間！
時
間、
すすめよ！
歩け、国、
ぼくの国、もっと早く、
コンミュンは
つい鼻の先！
すす
め、

時
間！
時
間、
すすめよ！
五年の予定の
計画でも、
ぼくら
一年節約しよう！
すす
め、
時
間！
時
間、
すすめよ！

入れ、国、
　　ぼくの国、急いで、
休みなしの行進に！
すす
　め、
　　時
　　　間！
時
　間、
　　すすめよ！
もっと強く、コンミュン、
　　　　ぼくのコンミュン、
　なぐれ、
片輪の時代を
　　殺してくれ！
すす

　め、
　　時
　　　間！
時
　間、
　　すすめよ！
舞い上れ、唄、
　　ぼくの唄、流れろ、
赤い部隊の
　　進む上空を！
すす
　め、
　　時
　　　間！
時
　間、

すすめよ！

オプチ （群衆の中から出てきて、チュダコフに）同志、内々でお伺いしますがね、売店の設備はありますか。ああ、そうだろうと思った！　なぜ指図をしておかなかったのです。忘れたんでしょう？　なに、大丈夫です、飲みものは充分にあるし、たべるものも何とかなります。私たちの車室《クペ》へいらっしゃい。ところで、席はどこなのかな。

チュダ みんなと一緒にかたまっていて下さい。肩と肩を寄せ合って。疲れる心配はありません。この車輪を一回転するだけで、一秒後には……

ポベド （メザリヤンソヴァを従えて登場）発車のベルは鳴ったかね。もう鳴らしてもかまいませんよ。すぐに二度目のベルを鳴らして！（ドヴォイキンに）同志、きみは党員かね。そうか！　じゃあ同志のよしみで、この荷物を運んで手伝ってくれないかな。重要な書類が入っとるんだ。実に実に重要な！　そんじょそこいらの非党員の赤帽には任せておけんのだよ。連中は金がめあてだからな。しかし特待生たるきみならば、喜んで、運んでもらおう！　きみを信用するよ！　ところで、乗車の案内人はどこにいるのかね。私の車室《クペ》はどこだ。私の席はもちろん下段だろうな……

燐光の女 時間の器械はまだ完全には出来上っていないのです。この乗物に初めて乗るピオネールとしてのあなたは、ほかのみなさんと一緒に立って行くのです。

ポベド　ピオネール？　ピオネールが何で出てくるのですか。ピオネールの大会はもう終ったのだから、もう二度とピオネールで悩ますのはやめてもらいたいな。あの運動はもうすみました！　私はこんなことなら出発しませんぞ！　なんという為体《ていたらく》です！　古参党員をいたわるすべを知らないのなら、私はこの道行きから断然離れますぞ。せっかくの休暇をつぶされたことにたいして、私は補償金を要求する！　要するに、荷物はどこです。

紐で縛った多量の書類の束、帽子の箱、書類鞄、猟銃、それにメザリヤンソヴァのスーツケースなどを積んで、ドヴォイキンが手押車を押してくる。手押車の四隅には四匹のセッター犬。手押車のうしろには、トランクと、絵具箱と、絵筆と、肖像画をかかえたペリヴェドンスキー。

燐光の女　同志、そのデパートの店びらきみたいなのは、何事ですか。

オプチ　いえ、とんでもない。ほんの身の回りの物だけですよ。

燐光の女　そんなに必要な筈はありません。一部分でも置いて行ったらどうですか！

オプチ　もちろん荷物扱いにするおつもりでしょう。

ポベド　口出しはやめなさい！　壁新聞でも作って、そこに書くがよろしい。私は回状を、割引券を、控えを、テーゼを、控えの控えを、訂正記事を、抄本を、照会状を、名刺を、決議を、報告を、議事録を、その他の重要な書類を持って行かねばならんのです、犬に引かせても！　本来ならば荷物専用の車をもう一台要求してもいいところだが、私の個人生活はつましいから、そんなことは言うまい。どうか長い目で見る考え方を忘れないように願いたいね。諸君にとってもこれは非常に非常に重要なことなのだ。やがて私の役所の定員が決定したら、私はそれを世界的規模の役所として管理するのです。定員を拡大して、遊星的規模の役所にしてみせる。諸君はまさか、この遊星が役所なしになればいい、非組織的になればいいと思ってるわけじゃあるまい。

オプチ（燐光の女に）逆らわないどいて下さい、市民。遊星が可哀相ですよ。

燐光の女　それならそれで、さっさと運びこんで下さい！

ポペド　権限外のことに干渉しないでいただきたい。もう沢山です！　どうか忘れないでいただきたいが、この人たちは私の配下ですぞ。まだ退職していない以上、私はこの最高上級特別官吏です。今のような状態には我慢できん！　私は権力の座につき次第、即刻すべての人のすべての行動をすべての人に訴えます。さあ、みんな、どいた、どいた！　荷物をここへ置きなさい。仔牛の皮で作った萌黄色の、モノグラムの入った書類鞄はどこです。オプチミスチェンコ、一っ走り行ってきてくれ！　心配するな、待っているから！　私が列車を止めておくのだ、国家的必要によってな、下らんことのためじゃない。

オプチミスチェンコが走り出す。出会いがしらに、鞄をかかえたポーリャ。

ポーリャ　何を威張ってらっしゃるの！　お言いつけ通り、私はうちの片付けをしてたのよ、ええ、ええ、すぐ帰って、また片付けをしますとも。ひょっと見ると、忘れ物。どうせ大切な物だと思ったのよ！　おかしいわ！　それで駆けつけたってわけ、ほら、どうぞ！（書類鞄を渡す）

ポベド　鞄は確かに受け取った。この一件は考慮しておく。お前はもっと早く気がつくべきだ！　この次こんなことがあったら、夫婦間の規律の衰退あるいは紊乱《びんらん》と見なすからな。案内人は前に出てくれ！　さようなら、ポーリャ！　向うの生活が始まったら、お前には法律の定める通り全収入の三分の一を送ってやる。いずれ現行の法律が変更になるまではな。

ポント・キッチ（やって来て、立ち止る）えへん、えへん。

メザリヤンソヴァ　プリーズ、サー！

ポント・キッチ　あつかましい泥棒、ひっついて喧嘩した、ジャスミンよこせ、唾はいた切符《チケット》……

メザリ　ミスター・キッチはこうおっしゃっています。切符《チケット》を持っていないが、それはどちらの切符《チケット》を入手したらいいのか――つまり党員証か鉄道切符かがわからなかったからで、しかし、収入になるものでありさえすれば、どんな社会主義へでも行ってみる気はある……

オプチ　プリーズ、プリーズ、サー。話し合いは途中で致しましょう。

イヴァン　挨拶を送ります！　あなた方とわれわれの文明ばんざい！　あとわずかの努力で、現在の生活は克服されるのです。あなたは社会主義をごらんになりましたか。小生はこれから社会主義を見に行きます。実に興味ぶかい。

ポベド　したがって、同志諸君……どこまで喋ったっけね？

アンダートン《したがって、同志諸君》までですわ。

ポベド　そう、そう！　発言を求めます！　私が発言いたします！　したがって、同志諸君、われわれの生きる現代にあって、私の機構のなかで時間の器械が発明されました。この解放されたる時間の器械が、ほかならぬ私の機構のなかで発明されたといいますのは、私の機構のなかに充分に自由な時間があったからであります。現在の時間の流れの特徴と申しますのは、すなわち現在の時間の瞬間ということでありまして、また瞬間においてはどこが始まりかどこが終りかはわからないのでありますから、私も最初に結論を、しかるのちに序論を申し上げましょう。この器械はすばらしいものであり、この器械は愉快である。私も器械も愉快に思っております。私たちが愉快であるのは、つまり、私たちが一年に一度休暇をとるとして、そこで一念発起して一年を前進させないとする、その場合、私たちは一年に二年の休暇をとることができるのです。また逆に、現在の私たちの月給日が一ト月に一日であるとして、そこで一ト月を一日のなかに一突き突っこんでやれば、私たちは一日ごとに一ト月の月給を取ることができる。したがって、同志諸君……

声々 ——ひっこめ！

——御託をならべるな！

——この野郎の時間のスイッチを切っちゃってくれ！

チュダコフがポベドノーシコフのスイッチをひねる。ポベドノーシコフは演説の身ぶりをつづけるが、声が全くきこえなくなる。

オプチ では私がすべての人を代表して発言いたしましょう。一部の人に気がねなく、すべての人にはっきり申しますが、役所の上に立つ人がどんな人であろうと、私たちはどうでもいいのであって、ひとたび任命された人ならば私たちはどんな人でもひとしく尊敬いたします。しかしながら、ここでひとえに申し上げたいのは、すべての人が幸福であり、みなさんの一人ひとりがひとしお幸福であることです。したがって、ここですべての人を代表してみなさんに捧げたいのは、これらの時計であります。これらの正確な時計は、役所の上に立つ人としてのみなさん一人ひとりの性格に、きっと一役買うに相違ないのでありまして……

声々

――ひっこめ！

――念仏をやめろ！

――あいつのスイッチを切ってくれ！

チュダコフがオプチミスチェンコのスイッチを切る。オプチミスチェンコも演説の身ぶりをつづけるが、声はきこえない。

燐光の女　みなさん！　最初のシグナルを合図に、私たちは老いぼれた時間を引き裂いて前進します。コンミュンの人たちと一つでも共通点をもつ人は、どんな人でも未来に受け入れてもらえるでしょう。つまり、楽しみながら働ける人、心の底から自分を捧げたい人、創《つく》り出すことに飽きない人、人間であることを誇らしく思う人なら、どんな人でもです。五カ年計画の歩みを十倍にして続けましょう。みなさんお互いにくっつき合って、しっかりと固まって下さい。がらくたで重たくなったバラストや、懐疑主義で空っぽになったバラストは、飛んで行く時間が掃き落してくれます。粉々にしてくれます。

ポベド　脇へ寄ってろ、ポーリャ！

ノーチキン（民警に追われて、駆けこんでくる）社会主義にさえ行き着きゃ、向うの裁判が調べてくれらあ。

民警（呼子を吹きながら追いつく）抑えてくれ！

（器械のなかに跳びこむ）

燐光の女　一、二、三！

ベンガル花火。《時間の行進》。まっくらになる。

舞台には、ポベドノーシコフ、オプチミスチェンコ、ベリヴェドンスキー、メザリヤンソヴァ、ポント・キッチ、イヴァン・イヴァノヴィチが、時間の器械の大きな車輪になぎ倒され、とり残されている。

オプチ 降りてください、着きました。

ポベド ポーリャ、ポーレチカ！ おれにさわってみてくれ、前と後から見てみてくれ。時間に轢《ひ》かれたらしいんだ。ポーリーヌ！……連れてかれたのか?! つかまえろ、追いつけ、追いこせ！ 今何時だ？（さっきもらった時計を眺める）

オプチ 返して下さい、市民、時計を返して下さい！ 月並なワイロはわれわれにふさわしくないです。私はすべての人を代表して、この時計のなかに一ト月の給料を入れといたんだ。われわれはほかの人に時計を捧げますよ。ほかの人を尊敬しますよ。

イヴァン 大事の前の小事ですな。機械文明の若干の……いや大いなる欠陥です。ソビエト全国民の注意を喚起しなければなりません。実に興味ぶかい！

ポベド おい絵描き、この時間を捉えるんだ。致命的な侮辱を受けた生きた人間を描いてくれ！

ベリヴェ どう致しまして！ あなたの肖像は遠近法の見込みちがいでした。モデルというものは、アヒルがバルコニーを眺めるように眺めなければいけない。私は下から上を見上げるときしか芸術的な絵が描けない性質《たち》でしてね。

ポベド（メザリヤンソヴァに）いいんだ、いいんだ、奴ら勝手にやってみるがいい。指導者も帆もなしで航海してみるがいいさ！　私は隠退して回想録を書きます。行こう、お前、お前のポベドちゃんと一緒に！

メザリ　そのポベドちゃんのおかげで、ずいぶん馬鹿な目をみたわ。あなた社会主義どころか女一人満足に扱えなかったじゃないの。インポ……インチキだったらありゃしない！　グッドバイ、アデュウ、アウフ・ヴィーダーゼーン、さよなら！　プリーズ、私のキッチちゃん、私のポントちゃん！（ポント・キッチと一緒に出ていく）

ポベド　あの女も、あんた方も、作者も——一体この芝居で何を言わんとしたわけですかね——まさか、私みたいな人間はコミュニズムに必要でない、なんてことじゃありますまい?!

〔一九二九〕

＊ポベドノーシコフ—ロシア十九世紀末の有名な官僚ポベドノースツェフの語尾を指小語尾に変えた名前。以下、登場人物の名前はそれぞれ意味がある。オプチミスチェンコはオプチミズム（楽天主義）から、ベリヴェドンスキーはベリヴェデール（見晴し台）から、モメンタリニコフはモメンタ

リヌイ（瞬間的）から、ヴェロシペートキンはヴェロシペート（自転車）から、チュダコフはチュダク（変り者）から、メザリヤンソヴァはメザリヤンス（身分ちがいの結婚）から、フォスキンはフォスカ（トランプの数字札）から、ドヴォイキン、トロイキンは、それぞれ「二」「三」の意味。アンダートンは、タイプライターの種類「アンダーウッド」をもじったもの。イヴァン・イヴァノヴィチは、ロシアでもっともありふれた名である。
＊トラデュクシオン——フランス語で「翻訳」。
＊閣下、お言いつけを……——E・エスポジト作のコミック・オペラ「カモラ」のなかのアリアの替唄。
＊アンチ・デューリングの住んでいた家——エンゲルスが一八七八年にロンドンで完成した「反デューリング論」は、もちろん本の名である。

＊イワン、ドアに怒鳴った、けもの、食事中……——ポント・キッチのセリフは以下すべて英国の音に似せたロシア語である。
＊住宅委員会議長——つまり家主のこと。
＊さまざまな会議ありてのち——レルモントフの「デモン」のなかの詩句をもじって。
＊ツヴェルフ——ドイツ語で「十二」。妖精（エルフ）は「十一」と同音である。
＊ウィ、セ・トレ・ペダゴジック——フランス語「ええ、これはとても教育的ね」。
＊「無たりし者、すべてになる」——「インターナショナル」の一節。
＊「桜の面積を求む」「トゥルビン家の叔父」——当時上演されていたブルガノフ作「トゥルビン家の日々」とカターエフ作「円の面積を求む」をもじって。

著者略歴

Владимир Владимирович Маяковский
ヴラジーミル・マヤコフスキー

ロシア未来派の詩人。1893年、グルジアのバグダジ村に生まれる。1906年、父親が急死し、母親・姉たちとモスクワへ引っ越す。非合法のロシア社会民主労働党に入党し逮捕3回、のべ11か月間の獄中で詩作を始める。10年釈放、モスクワの美術学校に入学。12年、上級生ダヴィド・ブルリュックらと未来派アンソロジー『社会の趣味を殴る』のマニフェストに参加。13年、戯曲『悲劇ヴラジーミル・マヤコフスキー』を自身の演出・主演で上演。14年、第一次世界大戦が勃発し、義勇兵に志願するも結局、ペトログラード陸軍自動車学校に徴用。戦中に長詩『ズボンをはいた雲』『背骨のフルート』『戦争と世界』『人間』を完成させる。17年の十月革命を熱狂的に支持し、内戦の戦況を伝えるプラカードを多数制作する。24年、レーニン死去をうけ、叙事詩『ヴラジーミル・イリイチ・レーニン』を捧ぐ。25年、世界一周の旅に出るも、パリのホテルで旅費を失い、北米を旅し帰国。スターリン政権に失望を深め、『南京虫』『風呂』で全体主義体制を諷刺する。30年4月14日、モスクワ市内の仕事部屋で謎の死を遂げる。翌日プラウダ紙が「これでいわゆる《一巻の終り》／愛のボートは粉々だ、くらしと正面衝突して」との「遺書」を掲載した。

訳者略歴

小笠原 豊樹〈おがさわら・とよき〉詩人・翻訳家。1932年、北海道虻田郡東倶知安村ワッカタサップ番外地（現・京極町）に生まれる。東京外国語大学ロシア語学科在学中にマヤコフスキー作品と出会い、52年に『マヤコフスキー詩集』を上梓。56年、岩田宏の筆名で第一詩集『独裁』を発表。66年『岩田宏詩集』で歴程賞。71年に『マヤコフスキーの愛』、75年に短篇集『最前線』を発表。露・英・仏の3か国語を操り、『ジャック・プレヴェール詩集』、ナボコフ『四重奏・目』、エレンブルグ『トラストDE』、チェーホフ『かわいい女・犬を連れた奥さん』、ザミャーチン『われら』、カウリー『八十路から眺めれば』、スコリャーチン『きみの出番だ、同志モーゼル』など翻訳多数。2013年出版の『マヤコフスキー事件』で読売文学賞。14年12月、マヤコフスキーの長詩・戯曲の新訳を進めるなか永眠。享年82。

マヤコフスキー叢書
風　呂
ふ　ろ

ヴラジーミル・マヤコフスキー 著

小笠原豊樹 訳

2017年3月16日　初版第1刷印刷
2017年4月14日　初版第1刷発行

発行者 豊田剛
発行所 合同会社土曜社
150-0033
東京都渋谷区猿楽町11-20-301
www.doyosha.com

用紙　竹　尾
印刷　精興社
製本　加藤製本

The Bathhouse
by
Vladimir Mayakovsky

This edition published in Japan
by DOYOSHA in 2017

11-20-301 Sarugaku Shibuya
Tokyo 150-0033 JAPAN

ISBN978-4-907511-34-0　C0098
落丁・乱丁本は交換いたします

本の土曜社